ホロコーストと〈愛〉の物語

The Holocaust and Love Stories

ליבע מעשיות און די חורבן

広瀬佳司＋伊達雅彦［編著］

彩 流 社

目次

まえがき

毎日のニュースで深刻なウクライナ情勢が報道されている。それに加え、ガザ地区を実効支配しているハマスとイスラエルの対立、中東の紅海などで商船への攻撃を繰り返すイエメンの親イラン武装組織「フーシ派」に対して、アメリカ軍とイギリス軍は合同で新たな攻撃を行い中東戦争が次第に広まる兆しすらある。エリ・ヴィーゼルが熱く語っているように、同時代を生きる現代人として決して「目を背けてはならない」深刻な大量殺戮が続いていることは非常に残念でならない。ウクライナの人々だけでなく、ロシアの人々にも息子や夫をこの戦争で失い、深い悲しみに沈んでいる人は多いはずだ。イスラエル軍の爆撃によりガザ地区で急増する子供の犠牲者の問題も深刻になっている。今までに例がないほど日本人もこうした戦争の行方に深い関心を抱き、個人としても寄付や平和活動をしている人も多数いるようだ。ユダヤ系アメリカ文学に携わる研究家としてわれわれ日本人も、改めて歴史的なホロコーストの意味を見つめ直し、負の歴史から多くを学ぶべきであろう。

ホロコーストの歴史は日本でも意外と知られている。それには『アンネの日記』と同様に、杉原千畝の正義の行動が大きく関わっているのではないだろうか。第二次世界大戦中にもかかわらず、一九四〇年に人道的な立場から杉原代理領事は命を賭して、迫害から逃れてリトアニアの日本領事館に救いを求めてきた数千人のユダヤ人に大量のビザを発給したのだ。その結果、六千人の命が救われた杉原千畝の功績は近年多くのアメリカ人にも広く知られるようになった。アメリカの多くのホロコースト博物館には、杉原千畝コーナーが設けられ、その業績が詳細に紹介されている。ユダヤ系のアメリカ作家マイケル・シェイボンのピュリッツァー賞受賞作『カヴァリエ&クレイの驚くべき冒険』(二〇〇〇)でも、ナチスの手を逃れチェコから脱出した主人公ジョー・カヴァリエが、リトアニアの日本領事から日本通過ビザを発給され、日本経由でアメリカに渡ったエピソードが書かれている。「日本のシンドラー」とも呼ばれた外交官・杉原千畝の業績は、今までにもいくつかの映画になっている。その半生を、唐沢寿明主演で描いた映画が『杉原千畝　スギハラチウネ』(二〇一五)である。

堪能な語学力と豊富な知識を駆使し、インテリジェンス・オフィサー(諜報外交官)として世界各国で諜報活動に携わった杉原千畝は、一九三九年、リトアニアの日本領事館を開設し、自ら構築した一大諜報網をもって混乱する世界情勢を分析し、日本に情報を送り続けた。その過程で知り合う白系ロシア女性エリーナとの深い愛情と強い信頼関係がこの映画『杉原千畝　スギハラチウネ』では匂わされている。杉原は、このロシア女性のモデルとなったクラウディア・アポロノフとの結婚届を日本外務省に一九二四年二月十五日に提出している。しかし、クラウディアが西側のスパイではと疑われる状況もあり、二人は一九三五年十二月三十日に協議離婚してしまう。監督はハリウッドと日本の双方で数々の大作に携わってきた米国人チェリン・グラッグが担当した。杉原家への配慮か、二人の関係は日本人妻の杉原幸子《すぎはらゆきこ》との結婚前に関係していた恋人のように描かれているだけである。しかし、今までの映画作品では、決してこの最初のロシア人妻には触れられていない。その意味で、この作品はホロコーストという戦時下で抑圧された男女の愛情関係が色濃くほのめかされている秀作である。

ホロコーストの歴史・政治・経済問題というよりも、ホロコースト下で個々人がどう行動したのか、戦後のユダヤ系作家がこのホロコーストの歴史を将来のためにどのように理解し、発展させ作品を描いているのかを研究するのも私たち文学研究家の重要課題であろう。陰惨なホロコーストを扱う物語のなかにも大切な「愛の物語」――親子愛・夫婦愛・同胞愛・人間愛――が様々な視点から描かれている。作家が描く特殊な「愛の物語」がどのように人々の心に訴えるのかという芸術的な側面もホロコーストのテーマを考える時には大切であろう。ヴィーゼルが「愛の反対は、憎しみではなく無関心である」と述べているように、我々も歴史的な「ホロコースト」だけでなく、現代の大量殺戮からも目をそらすべきではない。

多くの作家が、様々な愛の諸相をホロコーストの物語のなかにも織り込んで描いている。バーナード・マラマッドは短編「ドイツ人難民」(一九六三)の中で、ホロコーストを逃れるためにドイツ人の妻をドイツに残したまま、単身でアメリカに逃れた中年のユダヤ人ジャーナリストの姿を描いている。その妻はドイツ人であったために、ドイツを逃げ出す必要はなかったので、主人公のユダヤ人男性はアメリカに一人で逃れたのだ。しかし、後に妻の母親からの手紙で、主人公の妻は、彼女がユダヤ教に改宗した後、他のユダヤ人たちとともにナチスに捕えられて命を落としたという事実を知り、自分の浅慮に初めて気づく。人種を超えて夫を愛していた妻の深い愛に気付かず、ドイツに妻を置き去りにしてきた自分を許すことが出来ず主人公は自殺を選んでしまう。また、アイザック・シンガーも『ハドソン河の影』(一九九八)で、戦時中にユダヤ人である夫を棄て、娘と共にナチスの男の元へ逃げ込んだ妻が、戦後そのナチスの男性も命を失ったために、今度はアメリカに移住したユダヤ人の夫に救いを求めてくる。それにも拘らず、ホロコーストという危機的な時代を考慮してユダヤ人の夫は妻を許し、その妻と娘をアメリカに迎え入れるという愛憎を超越した男女の関係が描かれている。

ホロコーストを背景にする物語は、男女の愛情を描くことで深みも出てくる。このように、「ホロコースト」という極限の状況下で愛の果たす役割とその絆がいかに描かれているのかを吟味するのが本書の狙いだ。各執筆者が異なる視点からホロコースト下で繰り広げられる人間ドラマを分析し、そこに垣間見られる宝石のような「愛の物語」を掬い出そうと試みるのが本書の目的である。

第一章において広瀬佳司が論じるマイケル・シェイボン作『イディッシュ語警官同盟』は、ホロコースト以後の時代を背景にした歴史改変小説である。第二次世界大戦中に、イディッシュ語を母語とする東欧・ロシアのユダヤ人たちが米国アラスカに一時的に居住を許されるという架空の物語設定である。そこで生じる奇妙な殺人事件を機に、元夫婦の警察官が協力して事件を解決していく悲喜劇のサスペンス小説だ。この作品ではホロコーストの試練と、一種変わり種の愛の物語が展開されている。イディッシュ語言語空間を共有する特殊な超正統派ユダヤ教ラビ家庭の空疎な夫婦関係と、元夫婦の警察官の強い絆で結ばれている愛情関係が笑いあり感動ありで描かれている。ユニークな設定と視点からシェイボンが描く「シュテトル」空間に焦点を絞り広瀬が男女の愛の諸相を考察している。

第二章では、風早由佳がシカゴ生まれのハーヴィ・シャピロによるホロコースト生存者にあてた詩「パウル・ツェランとプリモ・レヴィへ」において、ホロコースト前後をアメリカで生きるユダヤ人の葛藤を分析している。シャピロのホロコースト詩に頻繁に描かれる煙は、無力な犠牲者を象徴的に表すが、本詩の締めくくりでブルックリンに漂う煙は、現在とホロコーストを結びつけながら同胞への罪悪感を抱かせると共に、アメリカのユダヤ系詩人がホロコーストを語ることの限界を突きつける。しかし、ユダヤ系詩人たちとのあたたかな詩的交流を通して、書くことの喜びを深め、ユダヤの記憶を詩の言葉にして語り続けるという同胞愛を通して現代のアメリカに生きるユダヤ人としての新たなアイデンティティを確立する道を見いだそうとする。

第三章で佐川和茂が取り扱うシンガーの作品『メシュガー』などでは、ホロコースト前後に焦点を合わせた作品において、狂気を生きる男女の愛を描いている。世の中全体は精神病棟のようであり、ホロコーストがもたらした狂気に満ちているかもしれない。しかし、その中でも人々は狂気を生きる愛の炎を燃やしている。これは、極限状況の彼方に、そして絶望の彼方に、何らかの希望を感じさせる要因である。狂気を生きる愛がシンガー文学で語り続けられることは、人間の悲惨な歴史が生み出すものであろう。ただし、逆説的に言えば、そこで人生を修復する余地は少なくないかもしれない。「抵抗の宗教」を提唱したシンガーの姿勢は、彼が遺した作品に宝のように埋め込まれてある。それを発掘するのは、われわれ読者の生きる態度である。

第四章で、アダム・ボードは、アイザック・バシェヴィス・シンガーがホロコーストの影響をテーマに書いた小説三作のうち、『メシュガー』と『敵、ある愛の物語』の二作において、彼自身と他者の心的外傷後ストレス障害(PTSD)を表現するために、どのように愛を用いたかを分析する。また、この二作の互いの関係、執筆当時のシンガー自身との関係、そしてユダヤ教とホロコースト後の世界全般との関係を検証する。

第五章では、内山加奈枝がホロコーストを直接体験していない、ユダヤ系三世のアメリカ人作家ポール・オースターの『最後の物たちの国で』を「ポスト・ホロコースト文学」として扱う。ユダヤ人女性のアンナは、暴力に満ちた悪夢的世界での体験を手紙に記し、故郷の友に向けて送る。彼女が言葉への信頼を取り戻し「証言」することを可能にするのが、他者への信頼であり、愛である。生き残ったアンナの「証言」は、相手に読んでもらえるかわからない「祈り」として託される。証言することの困難、および証言を託された者がいかにして受け取るのかが、本作品の主要な問いであると考察する。

第六章では、ニコール・クラウスの『ヒストリー・オブ・ラヴ』を扱うのが三重野佳子だ。ホロコースト生存者レオポルド・グルスキと少女アルマ・シンガーのそれぞれの孤独の中、人生を生き延びることを余儀なくされている様子を論じる。二人を結び付け、物語最後の邂逅へと導くのは、レオが昔書いた『愛の歴史』(という、物語内物語である。レオはホロコーストのトラウマのために唯一の好きなことであった「書く」という行為から離れていたが、憎しみや怒りから自らを解放することで、再び書き始め、自分の存在を知らなかった息子が存在を知ってから亡くなった可能性を知る。アルマは、愛とは、自分とは何かを、名づけの元である『愛の歴史』を通じて理解していく。これは、それぞれの人物のサヴァイヴァルの物語であると同時に、物語を受け継いでいく物語である。

第七章で、秋田万里子は、ジュリー・オリンジャーの長編小説『見えない橋』における「建築」のモチーフに焦点を当て、時代に翻弄されながらも、家族愛を支えに生き抜こう、運命に打ち勝とうと奮闘する建築家志望のユダヤ人青年の人生を紐解いていく。さらに、ホロコースト生存者を祖父に持つ作者オリンジャー自身の、創作を通した記憶の継承の姿勢にも着目する。

第八章において。鈴木久博が扱う映画『家へ帰ろう』では、友人によってホロコーストから救出され、その後アルゼンチンに暮らし続けている主人公アブラハムが、家を捨てて自らを冷遇する娘たちのもとを離れ、ポーランドに住む恩人のもとを訪れる行程が描かれている。最初は計算高く、取り引きや損得に基づいて人間関係を結ぶとともに、先入観や固定観念に縛られていたアブラハムが、様々な女性たちと出会う中で考え方や生き方を変容させてゆく。最終的に彼はポーランドの地方に住む友人と七十年ぶりの再会を果たすことになるのだが、それも彼の考え方が変化し、利害を超えた人の愛や思いやりを信じることができるようになったことに起因すると指摘する。

第九章において、伊達雅彦が論じるスティーブン・ダルドリーが監督を務めたアメリカとドイツの合作映画『愛を読むひと』は、第二次世界大戦後のドイツに暮らすどこにでもいる平凡な十五歳の少年と三六歳のナチスの元看守だった女性の出会いと別れを描く。ホロコーストを直接的には描かないものの、ホロコーストという歴史的事象を必要不可欠な背景とし、今までのホロコースト映画とは違った角度からその暗黒面を見つめる作品となっている。年齢差のある特殊な関係性の中に置かれた男女の「愛の物語」を基軸にした『愛を読むひと』を、ポスト・ホロコースト作品として改めて捉え、その悲劇性を考察する。

言うまでもなく、ホロコーストは今までの歴史に例を見ないユダヤ人が経験した大量虐殺である。奇跡的に死の収容所で生き残った人々、ホロコースト生存者のみならず、ホロコースト生存者の第二世代、第三世代にも多大な精神的な後遺症(心的外傷後ストレス障害)を残したことは想像に難くない。そのために、ホロコーストの話題はほとんど「愛の物語」とは結び付かない。しかし、ユダヤ系の文学にはそうした恐怖と同時に、人々を救った「愛の物語」も展開されている。その愛の力を通して、ユダヤ人たちが救われ、それまでのドイツ人やポーランド人に対する憎悪の念を超え、許しと相互理解へと進むユダヤ系の人々の姿が力強く描かれている。今回の企画では、ホロコースト後のユダヤ系文学の新たな積極的側面「愛の物語」の世界を紹介できていることを願う。そして、一人でも多くの人々に、そうした積極的でたくましいホロコーストの新たな側面を感じ取っていただければ幸甚である。

第一章　ポスト・ホロコーストの架空言語空間―愛の諸相
――マイケル・シェイボン『イディッシュ警官同盟』

広瀬佳司

はじめに

昨夜、マイケル・シェイボン氏宅に招待された。大柄なシェイボン氏、そして夫人と英語とイディッシュ語で談笑した。マイケルさんは、イディッシュ語をある程度は話すが、あまり得手ではないようだ。作家である夫人も、イディッシュ語を理解できるようだが、ほとんど話さない。英語での会話では、二人に圧倒されていた私だが、イディッシュ語のおかげで形勢逆転。楽しい会話の中途で夢から目が覚めた。

『イディッシュ警官同盟』(*The Yiddish Policemen's Union* 二〇〇七)での主人公の敏腕刑事と元妻である警視の一度壊れた夫婦関係は、ある殺人事件を追うごとに絆が深まり和解へと進む。本作品は、ホロコースト以後の時代を背景にした歴史改変小説である。前作『カヴァリエとクレイの冒険』

（*The Amazing Adventures of Kavalier & Clay* 二〇〇〇）で詳述されたホロコーストとその後の時代を受け継ぎ、この新作では稀代な夫婦愛が扱われている。また、『ワンダーボーイ』（*Wonder Boys* 一九九五）にも通底するコミカルな夫婦関係も垣間見える。いかにも、二十一世紀を生きるユダヤ系作家マイケル・シェイボン（Michael Chabon 一九六三─）らしく、ホロコーストの歴史とイスラエル建国を踏まえた重層性も見受けられる。

他の作品と大きく異なる点は、シェイボンが『イディッシュ警官同盟』というタイトルに示しているように、登場人物のほとんどがイディッシュ語を母語として会話を交わすことだ。戦前の東欧・ロシアのユダヤ人社会の雰囲気を醸し出すために英語作品ではあるが、慣用的なイディッシュ語表現を多く挿入している。本作は推理小説ではあるが、イディッシュ語世界という視点から人間模様が描かれ、最終的には伝統的なイディッシュ語のディアスポラ言語空間に収斂する。

歴史改変のこの作品は、一九四一年の第二次世界大戦中に、アメリカがアラスカに期限付きではあるがシトカ特別区（Sitka Settlement）を設け、ユダヤ人救済のための地を用意した前提で成立している。そのおかげで東欧・ロシアのユダヤ人ホロコースト犠牲者数は実際より少ない二百万人に留まる。多くの東欧ユダヤ人は、第二次世界大戦中に移民としてアラスカに安住の地を建設する。若い主人公たちも、アラスカの地で生まれながらも、伝統的なイディッシュ語を母語にしていた。また、一九四八年に再建されたイスラエルは、現実の歴史とは大きく異なり三か月で崩壊し、再びユダヤ人は安住できる祖国を失う、という架空の時代設定である。

ユダヤ律法を厳守する世界中のユダヤ人は、いつの日か、シオンの地で暮らす希望を諦めてはいない。しかし、過去三回にわたり故郷を追い出されているのだ―紀元前五八六年、紀元七〇年、そして一九四八年だ。いかに信仰心の篤いユダヤ人でも、もう一度かの地に足を踏み入れることについては、悲観的にならざるを得なかった。(一七)

作品に出てくる東欧ユダヤ移民社会にリアリティを与えるために、シェイボンが用いるイディッシュ語や、その独特な表現は約百箇所にのぼる。その上、多くのユダヤ系作家とは異なり、イディッシュ語の後に英語の翻訳を付けることはほとんどしない。また、非ユダヤ人読者には理解しにくいユーモラスな表現もしばしば見受けられる。シェイボン自身のように、ホロコースト生存者であったユダヤ人の祖父母がいた家庭で、おそらく耳にしたのであろうユーモラスなイディッシュ語表現が散見できる。すなわち、今は亡きホロコースト以前の東欧ユダヤ社会を彷彿させる雰囲気を醸し出しているのだ。そのために、ともすると、深刻な状況になる殺人事件が、ユーモラスなイディッシュ語表現やユーモアが差し挟まれているために、その深刻さが軽減されている。また、ベテラン刑事と警視(元妻)が繰り広げる離婚した夫婦のコミカルな会話や、ラビ夫婦関係に見られる表層的な「理想の結婚生活」も注目に値する。

1　ホロコーストの影―好対照の警察官コンビ

刑事マイヤー・ランツマン（Meyer Landsman）とビーナ・ゲルプフィシュ（Bina Gelbfish）は同じ殺人課に五年勤め、十二年間の結婚生活を送ったがなぜか離婚してしまう。実はその理由が殺人事件を絡めて明らかにされていく。ランツマン自身も、どうしてビーナとの関係が壊れたのかをしばしば考えるが、なかなか答えが見つからなかった。元妻ビーナは、妊娠したが奇形児が生まれる確率が高く、結局二人は、三か月で人工妊娠中絶を選択した。その後、二人は離婚し、ビーナと十五年同居した家をランツマンは後にし、独りホテル・ザメンホフ（Hotel Zamenhof）に住まいを移している。

離婚後、ビーナはアメリカ本土で幹部養成プログラムに参加して、今は警視まで出世し、元夫の勤めるシトカ特別区警察所に、彼の上司として戻って来たのだ。ランツマンの同僚刑事が従兄のベルコ・マルケ・シェメッツ（Berco Malke Shemets）。ベルコの父親ヘルツ・シェメッツ（Hertz Shemets）はランツマンの母方の伯父でもある。ヘルツはトリンギスト部族（Tlingist）酋長の子孫の娘と結婚した。ビーナ、ランツマン、ベルコが協力してランツマンが住むホテル・ザメンホフで起きた殺人事件の真相を追及するのがこのサスペンスドラマのテーマである。ユダヤ教超正統派グループやシオニストの政治運動やアメリカの政治と複雑に絡み合い、意外な結末を迎える。また、その殺人事件の真相追及の捜査過程で離婚したはずのビーナとランツマンとの関係が修復されていく。

この作品は、ホロコーストにまつわる歴史改変推理小説でもある。第二次世界大戦中にナチスの手を逃れアラスカに移民としてやってきたユダヤ人たちは、ユダヤ人コミュニティのシトカ特別区で暮らす。主人公ランツマンの伯父ヘルツも一九四〇年頃にアラスカに移住した。伯父ヘルツは飛行場建設に駆り出されたが、アラスカは凍土のために移民たちは大変な苦労をした。後にヘルツは刑法を学び、一九四八年にパラ・リーガル(法律事務職員)になる。

実際の歴史とは違い、一九四八年に新生国家イスラエルは三か月しか持たなかったために、戦後も多くのユダヤ人がアラスカのシトカ特別区に移住した。そのために、シトカ特別区には今や、三百二十万のユダヤ人が住んでいた。年間七十五件ほどの殺人事件も起きる。この特別区の敏腕刑事がランツマンとベルコであった。ある日、麻薬中毒の風変わりな若者が頭を銃で撃たれて殺される事件が起き、ランツマンはホテルの夜警に起こされた。シトカでは、イディッシュ語を共通語にしていたが、世界共通の言語エスペラント語(Esperanto)を発明したラザーロ・ルドヴィゴ・ザメンホフ(Ludwik Lejzer Zammenhof)の名前にちなんだホテル・ザメンホフの表示はすべてエスペラント語が用いられている。そのホテルが殺人事件の起きた現場なのだ。殺された若者は、ユダヤ教超正統派の次の世代を代表するラビになることを嘱望されていた若者である。

ランツマンは現場から相棒の刑事ベルコに電話をする。ベルコはランツマンとは対照的に妻エステル(Esther)と仲良く結婚生活を営んでいた。

ランツマンと違って、ベルコは結婚生活を台なしにしてはいなかった。私生活は安泰で、毎晩すばらしい妻と抱き合って眠る。ベルコは妻に愛される資格のある、そして愛されていることに感謝し、充分に報いている誠実な夫であって、妻を悲しませたり心配させたりすることは絶対にない。（五―六）

ベルコは作品では脇役ではあるが、「理想的な夫婦生活」という点では際立つ存在である。妻と寝室にいた非番のベルコは、突然の電話に怒るが、孤独な相棒ランツマンの精神状態に同情もしていた。ランツマンが妻と離婚し、最愛の妹も飛行機事故で失って天涯孤独であったからだ。また、ランツマンは、「自分たちユダヤ人はいつ住む場所を追われるかわからない」という不安にも悩まされていた。戦前の東欧ユダヤ人のように、またユダヤ人迫害の歴史が繰り返されることをランツマンは恐れていたのだ。従兄でもあるランツマンとは対照的に、ベルコは地元のアメリカ先住民の母とユダヤ人である父ヘルツのハーフであるために、この土地により深く根付いている観がある。実母の血統によりアラスカに根を張るベルコは、ランツマンとは根本的に異なる。愛する妻と寝室にいたベルコは、ランツマンに声を荒げる。まずイディッシュ語で、それからアメリカ語（American六）で罵る。

このように、この作品ではイディッシュ語という言語にしばしば言及されている。例えば、ランツマンが殺人事件現場のホテル・ザメンホフの前にいると、昔見たことのある老人が現れる。この老人にはエリヤというあだ名がついていた。つまり、預言者エリヤのように、いつどこに現れるか想像もつかないことを連想させる。この作品の特徴は登場人物のほとんどがイディッシュ語話者であることを前提にしているので、細かなイディッシュ語方言にまで解説が加えられる。

その老人のイディッシュ語にはオランダ訛りのような響きがあった。（十六）

作者自身の言によれば、シェイボンはそれほどイディッシュ語に堪能ではないというが、時折イディッシュ・ユーモアに用いられる独特な表現が、さりげなく用いられている。二〇一六年に出版されたシェイボンの自伝的な最新長編小説『月光』(*Moonglow*)にも登場する、フランス生まれだが、ホロコーストを経験した母方の祖父母がしばしば用いる表現にも家系の先祖の言葉としてのイディッシュ語が散見される。

2　流浪の東欧ユダヤ人が再建するシュテトル空間

ベルコとランツマンが勤めるシトカ警察署の上司の警視ビーナや、ベルコが時折イディッシュ語に交える言葉が「米語」と表現されるアメリカ英語として用いられている。そこで、話者が英語で話していることを伝える際には、「～とベルコは米語で答えた」と英語で但し書きが加えられる工夫がなされている。つまり、他はすべて、イディッシュ語で会話がなされているのだ。「不幸が彼に降りかかりますように！」（A black year on him. 五六）というイディッシュ語特有の悪態表現（A shvarts yor afn im.「あんな奴は死んじまえ！」の意。）が何度も用いられている。ロシア・東欧ユダヤ人の常套句である。

ベルコの父ヘルツ・シェメッツが連邦捜査局（ＦＢＩ）で働いていた時に四十年に渡り賄賂を受け取っていたと、ある新聞記者の書いた記事が出た結果、ヘルツは警察を追われてしまった。しかし、その伯父はランツマンの英雄でもあった。ベルコも父に憧れて警官になった。

ビーナが上司として戻ったことは、少なからずランツマンに影響を与えた。流石に、常に元妻の監視を受けることはランツマンも我慢できない。そのことを次のようにシェイボンはユーモラスに表現している。

これから毎日彼女と顔を合わせるというのは、拷問に等しい。それはちょうどモーセが、ピスガ山頂から約束の地カナンを神に見せられ、それを死ぬまで毎日瞼に浮かべるはめになる苦しみのようだ。（七四）

これは実に滑稽であり、シェイボン独自のユーモアだ。と同時に、「神のモーセに対する視線」

とは、今までランツマンが経験していない、元妻の彼を見守る視線である。現段階でランツマンは、上司ビーナの視線を否定的にしか感じていないが、それは愛する者へのビーナの特別な眼差しでもあったのだ。しかし、ランツマンは、そのことに気付いていない。それ以上に、刑事としても自分が優位だった昔の力関係が頭から抜けない。

連邦捜査局の国内監視プログラムのシトカ特別区担当者としてヘルツ・シェメッツの任務は、シトカ特別区の左派勢力に潜入工作をすることであり、彼は見事に左派勢力を一掃することに成功を収めた。しかし、彼の本当の目的は別のところにあった。

「流浪の民はもうごめんだ」。死ぬまでランツマンの父親は、シオニズム実現のロマンを抱き続けたが、そんな義弟にヘルツ伯父がよく語っていた。「追放されて、どこかへ移住しても、いつかはラクダの国で暮らしたいと夢見る。そんなのは、もうごめんだ。手に入った土地を死守して、断固そこに留まるべきだ」(七六―七七)

ホロコースト以降の「流浪の生活」に、ヘルツもランツマンの亡き父も辟易していた。つまり、ホロコーストで土地を追われた民族の悲哀を同じように感じていたのだ。二人に共通する夢は、ユダヤ人の祖国イスラエルを再建することではなく、アラスカのシトカ特別区の地位の恒常化であり、州に昇格することすら望んでいたのだ。しかし、ヘルツの下で以前働いていたアルター・リトヴァク（Alter Litvak）は、ベルボフ派（Verbov：この作品中だけで用いられるハシド派の仮称）の勢力を利用して祖国再建の方法を目論んでいたのだ。

殺害された若者の本名はメンデル・シュピルマン（Mendel Shpilman）といい、天才的な能力を有したチェスの名手であった。この若者が実はベルボフ派十代目ラビのヘスケル・シュピルマン（Rabbi Heskel Shpilman）の息子であり、幼い頃から神童としてベルボフ派の人々の注目と期待を一身に集めていた。それが災いし、このメンデルを政治的に利用しようとするリトヴァクの画策の犠牲になってしまう。

3　ラビとラビ夫人の「完璧な結婚」とは？

ランツマンとベルコは、殺人事件の犠牲者とみられるメンデルの父親である、ベルボフ派ラビのヘスケル・シュピルマンの家を訪れた。ランツマンは、ラビに事件のあらましを伝え、犠牲者の写真を見せる。すると、ラビは正直に、それが彼の息子であることを認めた。しかし、意外にも彼にとって息子は何十年も前に死んでしまったと答えた。

「私にとっては、息子はとっくに死んでいたのですよ。もうずいぶん前です。私は久しい以前にわが衣を裂き、服喪の祈りを唱え、蝋燭をともしました」（近親者が亡くなると求められるユダヤ教上の慣習)。ラビの怒りと苦々しさを伝える言葉だったが、口調は驚くほど感情を欠いていた。〈ザメンホフ・ホテル〉で発見されたのが――確か〈ザメンホフ〉でしたね?――発見されたのがかりに私の息子だったとしても、それはあの子の殼にすぎません。実はとっくに抉り出され、腐ってしまいました」(一四〇)

このラビが放った言葉に、ランツマンは憤りさえ感じた。それは、生者と死者を冒涜するかのようにランツマンには感じられたからだ。ランツマンの妻は、医学的な理由から、やむなく人工妊娠中絶で出産を断念した。そして、その結果、二人は離婚に至ったことを今でも後悔の念と共に思い出すランツマンであった。

超正統派ユダヤ教の世界では、コミュニティを離れた時点で実の息子や娘であろうと、「亡き者」と見做されることがある。ミュージカル『屋根の上のバイオリン弾き』でも自分の意見に従わず、ロシア人と結婚した三女を亡き者と見做し、父テヴィエは毅然と娘との縁を切ってしまう。映画『ロニートとエスティ　彼女たちの選択』(*Disobedience* 二〇一七)でも、女性主人公ロニートが、ロンドンのユダヤ正統派社会を棄て、アメリカへ去った時にラビの父親から親子の縁も切られ、亡き者として扱われるシーンが日本人には衝撃的ですらある。

しかし、同じユダヤ人であるがランツマン警部の反応は、そんなラビの反応に否定的であった。彼もこういうことが、超正統派では当然視されていることを十分認識していたが、そんなしきたりには批判的であったのだ。実際生きている息子を死人として扱うことが、ランツマンには受け入れがたい慣習に思えた。これは率直なランツマンの意見であり、作家シェイボンの立場でもあるかもしれない。

そこでランツマンは、今度はいよいよ、「ベルボフ島の女王」(The Queen of Verbov Island)であり、また殺害されたメンデルの母親であるバトシェヴァ・シュピルマン夫人(Batsheva Shpilman)を訪れた。通常であれば正統派の既婚夫人に男性が近づくことはご法度である。そのために、バトシェヴァがハシド派の葬式に参列する機会をとらえた。ここでメンデルの母親のバトシヴァに近づいたのだ。

シュピルマン夫人は、息子が殺害されたことを初めてランツマン警部から聞かされた。警部がご主人から聞いていませんかと訊ねると、彼女は「完全な結婚」とはそういうものだと答えた。

「私の結婚生活は完全に成功しています」バトシェヴァは、自慢するでもない調子で続けた。「それがどういう意味かご理解できますか?」(二〇九)

この彼女の言葉の意味が理解できないランツマンが、素直に理解できないと答えると、彼女は孫が見ている漫画のシーンを例に挙げた。オオカミが鶏を追い回し、我を忘れて空中を飛び回り、地面に足がついていないことに気付かないが、そのことに気が付くと地面に落ちてしまう。

「成功している結婚というものは、そのようなものです」とバトシェヴァは言った。「この五十年間、私は空中を飛び回り、地上を見ることもありませんでした。神がお望みのこと以外で、夫と話すことはありませんでした。夫もそうです」

（二一〇）

神への信仰と律法の順守が第一に来る。ユダヤ教の世界に生きていると、家族のことなどに思いが及ばない。その結果、気づかないうちに現実が見えなくなってしまう。取り返しのつかない事件が起きて、初めて自分たちの過ちを悟る、という意味であろう。息子の深い悩みを想像すらしなかった母の反省が、抽象的に語られている。「ベルボフ島の女王」として、模範的な結婚生活を標榜していた彼女には、自分の大切な息子さえ見えていなかった。「鶏を追い、宙を飛んでいる狼」のたとえ話は、ランツマンが、ビーナとの結婚生活を後悔する時にも繰り返される。と同時に、先に紹介した、息子の殺害事件を知らされた時の夫へスケル・シュピルマンの冷淡な反応をラビ夫人は暗示している。正統派の教義にのみとらわれ、家庭生活という足元の現実を無視したラビの態度に、表面だけの「完全な結婚」の意味が象徴されているようだ。家族の愛も、夫婦間の愛情も無視され形骸化した結婚生活である。

ランツマンはラビの妻に、メンデルが殺された状況を尋ねられ、今わかっていることを正直に話す。母親としてその息子としばしば連絡を取っていたのかと訊ねると、驚くべき答えが返って来る。二十年以上も息子に会ってもいなかったのだ。

そこでランツマンは、そもそも何がそうさせたかと問い詰める。すると、彼女が取り決めたラビの娘と息子メンデルの結婚話が、息子を追い詰めた背景にあったことを告白した。それが原因で結婚式の当日に息子メンデルは姿を消してしまったのだという。

シュピルマン夫人に息子との最後の電話について尋ねると、それはつい最近の過越祭の前夜であった。お金を振り込んで欲しいという内容だったらしい。それで姿を消す、と連絡してきた。ビーナには相談もせずランツマンが再び、夫人に会いにその屋敷を訪れる前に、元妻で上司であるビーナが元夫には内緒で、ランツマンの訪問について事前にシュピルマン夫人に断りを入れてくれていた。シュピルマン夫人が指摘した夫の非現実的な部分と、ランツマンに見られる現実認識の欠如に共通点が窺われる。自分に向けられたビーマの眼差しに暗示される愛情表現にも気付かず、事件だけを追うランツマンの自己本位の考えが離婚の遠因になっていたのかもしれない。これこそ「鶏を追い、自分の足が地面についていないことに気付かない漫画の中の狼の姿」とも重なる。

最初は、ホロコーストを基にした、単なるサイエンス・フィクションのような作品に見えるが、実はそうではない。シェイボンは、ハシド派独特なユダヤ宗教世界に対して個人的な視点から共感と批判を表している。メンデルは幼い頃から、奇跡をおこなう指導者（ツァディック）としての能力を持つ神童であった。つまり、ユダヤ教徒を結集し、イスラエル国を再建するという政治運動には打ってつけの人物がメンデルであったのだ。こうした宗教的・政治的な期待に耐えきれず孤独なメンデルが、麻薬に手を出して現実逃避を図ってしまう一因でもあろう。

4　メンデルの死とイスラエル再建計画――宗教の政治利用

時間的には少し前に戻るが、ランツマンの伯父ヘルツの下で働いていた権謀術策家リトヴァクは、イスラエル国家を復興するための計画を遂行するために、ラビのヘスケル・スピルマンとも関係をつけなくてはならなかった。まず、メンデルの父ラビ・ヘスケル・スピルマンに近づき、そのラビの影響力を利用してイスラエル再建の戦いを仕掛けようとした。しかし、ラビはリトヴァクの申し出を断る。ラビはエルサレム奪還のために、自分の信徒の命を犠牲にはしたくなかったのだ。また、そうした運動を起こすことがメシア到来の障害になる、という正統派の教えにも忠実であった。

昔ヘルツの下で働いていたが、リトヴァクは、ヘルツを裏切りアメリカ政府にシトカ情報員として雇われ、イスラエル再建のために岩のドーム(エルサレムにあるイスラム教の教会)を爆破する計画を立てていた。アメリカ政府の意向に沿った考えであった。その野心家リトヴァク逮捕に向けて、ランツマンはすぐにビーナに連絡する。

何故か、ヘルツはランツマンと息子ベルコが話す、メンデル殺害事件を耳にした後で、拳銃自殺を図った。重症の父を、ベルコとランツマンはシトカ総合病院へ運ぶ。この段階ではヘルツの自殺動機は判明していないが、大きな政治的な動きに関連していたことが後に明らかとなる。

ビーナのポストを引き継ぐ予定のスペード(Spade)(米語とイディッシュ語で話す男)は、アメリカ政府の命を受けて、このメンデル殺人事件から手を引くように彼女に警告したが、彼の申し出を無視しランツマンを引き連れて警察署を出ていく。

ビーナはランツマンと連れ立って、リトヴァクの牙城であるモリア研究所(The Moriah Institute)を訪れる。リトヴァクを探し出し、メンデル殺害容疑で逮捕するためである。そこには、何人かの強面の若者が護衛としてリトヴァクに仕えていた。リトヴァクは一番奥の部屋に座っていた。今はもう言葉を発することができないリトヴァクは筆談で答える。

事故死したランツマンの妹ナオミ(Naomi)が、どうしてメンデルを輸送するパイロットに選ばれたかを、リトヴァクは説明した。彼にはキューバ戦争の退役軍人であるフルム(Frum＝イディッシユ語で「敬虔な」を意味する)というパイロットがいたが、たまたまメンデルが訪れた時に、フルムは遠いところにいたので非宗教的なナオミにパイロットを依頼したようだ。

宗教心が強いユダヤ人であれば、衰弱しているメンデルを見て、失望するかもしれない。また、麻薬に溺れたメンデルの精神状態を外部の人間には秘密にしなくてはいけなかった。そんな時に、宗教心のないユダヤ人であるナオミは、一番安心してメンデルを任せられるパイロットであったのだ。歴史改変のこの作品で、リトヴァクは、一九四八年に滅ぼされたイスラエルを復興しようとする計画を立てていたのだ。そのためにも麻薬で衰弱したメンデルを何とか回復させ、正統派ユダヤ人をまとめる役割をメンデルに負わせ、世紀を代表する正統派ユダヤ教指導者にメンデルを仕立て上げ、イスラエルを復興しようと計画したのだ。そのために医師のマックス・ロボイ(Dr. Max Roboy)にリトヴァクは、彼の計画を内密に打ち明ける。

事情をよく知るリトヴァクのお抱え医師ロボイによれば、メンデルには彼に従う三百人の戦士が存在し、いつでも三万人の若者が命を懸けるだろうという。権謀術策家のリトヴァク(この名前には、イディッシュ語では、理屈屋で頭でっかちのイメージがある)は、まさにイディッシュ語の暗示するところのリトアニア系ユダヤ人のイメージで描かれている。イディッシュ語のニュアンスを熟知している作家シェイボンが、意図的に付けた名前であることは明白だ。

5　ホロコースト以降の新たなる「結婚という男女の絆」

元妻で今は上司となって再会したビーナは、ランツマンにとって昔と変わらず性的な対象でしかない。カフェテリアでビーナに偶然出くわすランツマン。ビーナと食事をしながら彼女を観察するランツマンは、彼女の胸元を見て昔のことを思い出していた。

ランツマンはビーナのシャツの襟の中を覗いた。そばかすの散る左の乳房の上の方が見え、レースのブラの縁からカップに乳首がふれているさまがほの暗く窺えた。ビーナのシャツの下をまさぐり、乳房をつかみ、その谷間に顔をうずめて眠りたいという欲望があふれ出ていた。

（一五六）

そんな彼の熱い視線を感じたが、ビーナは一切個人的な話題は受け付けない。ビーナは、ランツマンが食事をせずに極端に痩せていることを心配し、食べるように勧めた。

メンデルの事件をめぐり、アメリカ政府の意向に反し、勝手に殺人事件の捜査を続けた結果として、ビーナとランツマンは連邦政府の取り調べを受けるが、結局ランツマンもビーナも解放された。ビーナの言葉からも、ユダヤ人のシトカ特別区はもうすぐ消滅することが窺える。自分たちはその事実も正式には知らされず、あたかも自分たちが独立していて自由な立場にあると勘違いをしてきたことに二人は気付く。また、ナオミやメンデル殺害に関与したと考えられるリトヴァクは、何処ともなく姿を消してしまう。そこでランツマンはさらに、彼自身が一時リトヴァク一味に囚われていた屋敷へ地下道から侵入して調査することをビーナに提案した。

ランツマンが一度囚われの身であった屋敷に、ビーナに先導されて地下道を通り侵入する。いつもであれば、暗闇に彼は病的なほどの恐怖感を感じる。しかし、今は先導するビーナの魅力的なお尻がそれをやわらげた。もしもの時にと、ユダヤ人難民が掘った地下道にも色々と工夫が凝らされていて、通るのも容易ではなかった。

そんな地下道をさまよいながら、二人は、両親たちがどのような気持ちでアラスカへやって来たのかを想像した。シトカ特別区にも安住できないことが二人にはよくわかっていた。それが長い間繰り返された、ユダヤ人の歴史的な宿命なのかもしれないと。

ビーナと時を共にしながら、ビーナとの結婚時代をランツマンは反省していた。

結婚していた時、ビーナを裏切って浮気したことなどはなかったが、結婚生活が破綻したのはランツマンに誠実さが足りなかったからに相違ない。足りなかったのは、神への信仰心でも、ビーナと彼女の人格への信頼感でもなく、もっと基本的なこと、すなわち二人の身に起きることとは、良いことであれ悪いことであれ、すべて起きるべくして起こったのだとする心構えだった。言い換えれば、アニメの狼が足を激しく動かしている限り宙に浮かんでいられると信じている、あの馬鹿げた信念なのだ。（三九三）

ランツマンの神への信仰心のなさや、ビーナへの信頼感欠如が結婚の失敗の理由ではないのだ。「アニメの狼」とは逆に、目の前の現実を冷静に捉え、その現実から目をそらさず生きるという作者の主張が窺えよう。

ベルコの父親であるヘルツが、メンデル自身に依頼されて彼を殺害したことが判明する。メンデルは、ベルボ派（ハシド派）の指導者としてイスラエル再建をリトヴァクに強く望まれたが、麻薬常習者のメンデルには無理なことが火を見るより明らかだったのだ。しかし、リトヴァクがその謀略を立てて彼に迫った。そのためにメンデルはどうしようもなくなり、ヘルツに殺害を依頼した。ヘルツの下で働いていたリトヴァクへの復讐と、アメリカ政府の謀略を阻止しようというヘルツの心理がメンデルの自殺幇助へと彼を突き動かしたのかもしれない。宗教とアメリカ国家の陰謀が絡む殺人事件であった。その結果、ランツマンは別れた妻ビーナと、事件解決という共通の目的を経て再び結ばれることが暗示され物語は閉じる。

この何日か、ランツマンは、自分はメンデル・シュピルマンと出会うチャンスをつかみ損ねたのだと考えてきた。せっかく同じホテルに住んでいたというのに、彼がどういう人かも知らずに、救済される機会を棒に振ってしまったのだ。だが、〈シトカの救世主〉など初めから存在しなかった。ランツマンには故郷も、未来も、宿命もない。ビーナがいるだけだ。ランツマンとビーナに約束された土地は、二人が結婚式を執り行った天蓋、あるいは、イディッシュ警察同盟の角が折れた会員証だけだった。全財産をトートバッグに入れて運ぶのだ。彼らの世界とはその舌で話す言葉なのだった。（四一〇―四一一）

ホロコーストですべてを失った流浪の民ユダヤ人にとっては、現代アメリカに住んでいても、そこは永住が許される場所ではなかった。その意味で、これからたどる道も定かではない。ランツマンに残されたものは、ビーナの存在だけなのかもしれない。そして、二人が生きて存在する空間は、二人が使うイディッシュ語という東欧・ロシアユダヤ人の精神伝統という空間でしかない。ここに至り、マイケル・シェイボンが、何故、架空の空間シトカ特別区を「イディッシュ語話者のコミュニティ」にしたのかが窺えよう。それは、連綿と続くホロコースト以降のユダヤ人の不安定だが現実感のある言語精神空間の継承を象徴するものなのだろう。イディッシュ語というホロコーストを象徴する言葉が、権力や政治力によっても破壊されないランツマンとビーナの愛の絆を今まで以上に強固なものに変容している。

註

黒原敏行訳の『ユダヤ警官同盟』(上・下)は、優れた訳書であるが、作品名に関しては「イディッシュ」が作品全体のテーマと密接に関わるので、あえて『イディッシュ警官同盟』と訳出した。また、細かな点でイディッシュ語表現に解釈を入れる必要性から本稿の引用個所は黒田訳を参考にしながらも、すべて筆者訳であることを最初にお断りしたい。

引用参考文献

Chabon, Michael. *Wonder Boys*. New York: Harper Perennial, 1995.
——. *The Amazing Adventures of Kavalier & Clay*. New York: Picador, 2000.
——. *The Final Solution*. New York: HarperCollins Publishers Inc., 2004.
——. *The Yiddish Policemen's* Union. New York: HarperCollins Publishers Inc., 2007.
——. *Moonglow*. New York: HarperCollins Publishers Inc., 2016.
Costello, Brannon ed., Conversations with Michael Chabon. Jackson: UP of Mississippi, 2015.

邦訳

マイケル・シェイボン『ユダヤ警官同盟』(上・下)黒原敏行訳、新潮文庫、二〇一〇年。

第二章　ハーヴィ・シャピロのホロコースト詩にみる「同胞愛」を通したアイデンティティの確立

風早由佳

1　ハーヴィ・シャピロの詩作におけるホロコースト

ハーヴィ・シャピロ（Harvey Shapiro 一九二四―二〇一三）は、シカゴのユダヤ人家庭に生まれた詩人で、シャピロ一家が過ごしたニューヨークでは、彼はイディッシュ語を話して育った。イェール大学在学中の一九四三年から四五年まで空軍に従軍したが、戦後イェール大学に戻り、一九四七年に学士号を、一九四八年にコロンビア大学でアメリカ文学修士号を取得した。卒業後の数年は、コーネル大学、バード大学での教職に就いたが、その人生の多くは、ニューヨーク・タイムズの雑誌や書評の編集者としてニューヨークを拠点に活躍した。

シャピロの詩作においては、ウィリアム・カーロス・ウィリアムズ（William Carlos Williams

一八八三—一九六三)、チャールズ・レズニコフ(Charles Reznikoff 一八九四—一九七六)などのオブジェクティビストの影響がみられ、都市生活とそのアイロニックな解釈を取り上げる作品で知られる。また、コロンビア大学院在学中にはハート・クレイン(Hart Crane 一八九九—一九三二)に強い関心を示し、修士論文でクレインの『白い建物』(*White Buildings* 一九七二)について執筆している。

また、ルイス・ズコフスキー(Louis Zukofsky 一九〇四—一九七八)、ジョージ・オッペン(George Oppen 一九〇八—一九八四)はシャピロのニューヨークでの隣人であり、特にオッペンからの影響は大きく、父親のような存在でもあった。こうした同時代詩人からの影響を受ける中でも、ユダヤの宗教、文化、伝統、アイデンティティをその作品に描き続けたチャールズ・レズニコフとはとりわけ親しく、詩作においても共通する特徴が見出せる。レズニコフは、詩集『ホロコースト』(*Holocaust* 一九七五)において、ニュルンベルク軍事法廷でのナチス犯罪者の裁判に関するアメリカ政府の記録と、エルサレムでのアイヒマン裁判の記録をもとにした、ホロコーストの加害者と生存者による証言の詩を創作した。一方、シャピロは第二次大戦中の空軍での従軍経験をもとにした詩集『戦闘報告』(*Battle Report* 一九六六)を出版しているが、ホロコーストへの言及は少ない。この点について、シャピロは、キャスリン・レヴィとのインタビューでホロコーストをテーマに書く上での課題を次のように語っている。

それ[ホロコースト]について書くときは注意が必要だと思いますね。旧約聖書のトーラーに触れるようなものです。もし触ってはいけないのに箱舟に触ってしまったら死んでしまうでしょう。計り知れない主題を扱うときは注意が必要だと思いますし、アドルノの「ホロコースト以降に詩は存在し得ない」という言葉を思い出さなければならないでしょう。ある意味では私はその言葉を信じていますが、それでも私は詩を書き続けています。パウル・ツェランと競争するのは難しいですし、なぜそうしたがる人がいるのか理解できません。だから私はホロコーストについてほとんど書いてきませんでした。(一六六)[筆者加筆]

ホロコースト生存者ではないユダヤ人としてホロコーストをテーマとして取り上げる難しさを意識しつつも、詩作を続ける中でシャピロはアメリカに生きる詩人としてホロコーストをどの様に描いてきたのか、ホロコースト生存者に捧げられたシャピロの詩を中心に取り上げ考察してみたい。

2 パウル・ツェランとプリモ・レヴィに捧げられたホロコースト詩

シャピロ自身はアメリカに生まれ、第二次世界大戦中にはアメリカ空軍として従軍したが、アウシュヴィッツ強制収容所を生き抜いた二人——パウル・ツェラン(Paul Celan 一九二〇—一九七〇)と、イタリアの化学者であり作家でもあるプリモ・レヴィ(Primo Levi 一九一九—一九八七)——にあてた詩「パウル・ツェランとプリモ・レヴィへ」('For Paul Celan and Primo Levi')では、ホロコーストの前後をアメリカで生きるユダヤ人の困惑と決意が表現されている。

なぜならまだ煙は
あなた達の命の中をただよっていて
解決することはなかったから――
その解決とはなんでしょうか？
人間の野蛮さとの折り合い？
神の蛮行？　被害者は
最後の顔を求めて
その傷を深く掘るのだろうか
それはまるで
私たちがあなたを追悼し、あなたが
私たちの追悼の言葉を受け取り
私たちに絶望のしぐさを
残した時。絶望を理解し
絶望に慣れること――
あなたができなかったことですが――

それが私たちの生き方なのです。日の光
煙の中を漂う
私がブルックリンの家の屋根に座る時
畏怖の日々の言葉とともに

ニューヨークの風景や音を頻繁にその詩作で取り上げたシャピロが、ブルックリンの家の屋根の上でパウル・ツェラン、プリモ・レヴィを思う時、彼らが決して折り合いをつけることができなかったホロコーストの蛮行に対し、アメリカで第二次世界大戦を経験したシャピロは詫びるように「絶望を理解し／絶望に慣れること」('To understand despair/and be comfortable with it' ll. 13-14)が、「自分たちの生き方」('how we live' l.16)だと語る。

ホロコーストの記憶は、ホロコースト以降の世代の中でも生き続けることができなければ消滅する。ホロコーストを直接的に経験していないシャピロの詩の中でも、ホロコーストの圧倒的絶望を日常的に思い、畏れの日々(ヤミーム・ノライーム)において自身を振り返り、神の前に悔い改めの時を過ごす中でホロコーストの絶望を理解し、語り続ける行為を止めないことが、アメリカに生きるユダヤ人としての追悼であり、生き方として提示されている。これはアメリカに暮らすシャピロがヨーロッパのホロコーストをただ傍観し、絶望を受け入れることが可能だと説いているのではないことは、シャピロの詩集『一日分』(*A Day's Portion* 一九九四)に収録された「都会の倫理」('City

Ethic')を読むことでもその意図を読み取ることができるだろう。

ニューヨークで
一日の終わりに
もしあなたが自分自身に
そして人間の条件に満足するのだとしたら
そして生存者としての罪悪感を感じないのだとしたら、
あなたは暗闇を増やしてしまっているのだ

シャピロは、ニューヨークに暮らす者が、「生存者の罪悪感」('survivor's guilts' 1.5)を持たないことを強く非難している。すなわち、直接的に体験し得なかったが同胞たちに降りかかった壮絶な迫害と虐殺を日々振り返ることで、同胞との繋がりを意識し、決して消し去ることのできない絶望を意識し続ける重要性を説いていると言える。

また、本詩の最終行で語られる「暗闇」('darkness' 1.6)は、一日の終わりの暗闇であると同時に、イスラエルの神がエジプトに与えた十災禍のうちの一つ、第九の禍――エジプト全土が三日間闇に包まれた「暗闇の災」――を想起させる。古代エジプト人が神の不在を日中の暗闇に見ていたように、ここではニューヨークにおいてホロコーストを忘れて過ごす罪が、闇をより深いものにさせることを示している。

ホロコーストを忘れ、自らを省み、悔い改めることのないニューヨークの人々を咎めるシャピロの姿勢は、先の詩「パウル・ツェランとプリモ・レヴィへ」において示されたホロコーストの後をブルックリンで生きる者の生き方の具体化とも言える。「パウル・ツェランとプリモ・レヴィへ」で主張される「絶望を理解し／絶望に慣れる」生き方は、詩「都会の倫理」において咎められる単純な自己満足とは正反対のものであり、超えることのできない絶望を日々意識し、生存者としての罪悪感を抱えながら生き、記憶し続けることを意味すると言えよう。

さらに、詩「パウル・ツェランとプリモ・レヴィへ」では、ホロコーストの象徴として詩の冒頭で描かれた漂う煙が、詩の締めくくりでも再び描かれることから、煙が詩全体を通じて重要な役割を果たすと考えられる。次章では、シャピロの複数の詩に描かれる煙を取り上げながら、「パウル・ツェランとプリモ・レヴィへ」の煙について考えてみたい。

3　シャピロのホロコースト詩に描かれる煙

シャピロの詩に描かれる「煙」の表現、特にシャピロの「小唄」('Ditty')、「文化のＡＢＣ」('ABC of Culture')、「自然史」('Natural history')において象徴的に描かれる煙に注目する。

まず、対話の形式で詩行が進行する「小唄」を取り上げて、煙に関する表現に注目してみたい。

ユダヤの神はどこへ行った?
煙突をのぼって行った。
誰が彼が行くのを見た?
六〇〇万人の魂が。
どんなふうに行った?
とても静かに
草の葉から落ちた露のように

本詩では、問いと答えが一行ごとに繰り返される対話の構成になっている。現代から語りかけられる三つの質問それぞれに、ホロコーストの目撃者が回答しているかのような内容構成となっている。

「煙突を登っていく」('Up the chimney flues' l.2)とされる「ユダヤの神」('Jewish god' l.1)は煙のイメージと重ね合わされていると考えられるが、煙突から去る様子については「露」('dew' l.7)に喩えられていることからも、煙よりも一層、その儚さ、心許なさが強調され、神への懐疑的な視点をうかがわせる。

さらに、神の目撃者である「六〇〇万人の魂」('Six million souls' l.4)は、ホロコーストによる犠牲者とされるユダヤ人の数と重なり、神の存在の希薄さと圧倒的な数の犠牲者の強烈な対比からもユダヤ人に降りかかった大量虐殺という想像を絶する絶望と苦しみを一層鮮烈に印象付ける。また、この七行の短い詩行の中で三回繰り返される「行く」('go'l.1, 3, 5)という語は、一行目の「神」('god')、最終行の「草」('grass'l.7)の[g]音の重苦しい頭韻と響きあいながら、神の不在の不安を伝えている。

さらに、シャピロの詩における煙の描写について考えるために、詩集『戦闘報告』に収録された詩「文化のＡＢＣ」に注目したい。シャピロ自身がキャスリン・レヴィとのインタビューでホロコーストを書く上での課題について語る中で、詩中の「死の天使」('the angel of death'l.1)は第二次世界大戦中のナチス親衛隊将校・医師であったヨーゼフ・ルドルフ・メンゲレであることを示唆している。

死の天使はモーツァルトを口笛で吹きます
(そうするだろうと私たちが知っていた通りに)
アウシュヴィッツの煙の中で自転車をこぐ
アウシュヴィッツのユダヤ人、
西洋芸術の立派な美術館の中で。

「死の天使」と呼ばれたメンゲレが、「モーツァルトを口笛で吹く」(‘whistles Mozart’l.1)と語り始められるが、この死の天使のモデルとなったメンゲレは、アウシュヴィッツのビルケナウで人体実験やガス室でユダヤ人にガスを投与した医師の一人である。また、戦後アウシュヴィッツの強制収容を生き残った生存者が、メンゲレはクラシック音楽を愛好し、ユダヤ人の選別作業中や人体実験の合間にクラシック音楽を口ずさんでいたと証言している。

西洋芸術の象徴としてのモーツァルトの音楽が、大量虐殺の場で口ずさまれるという不釣り合いな並置によってホロコーストの残虐性が際立つが、本詩の創作意図について、シャピロは次のように語っている。

この詩[「文化のABC」]も詩「小唄」も、キリスト教世界とそれを許した西洋文化への憎悪から発しているのだろうと思います。でもアメリカのユダヤ人たちは意気地がないのです。あの当時を思い返して思うのですが、アメリカが大量虐殺を止めるためにこれ以上何かをするつもりはないという事実を受け入れたということからしても。そして私にも罪悪感があったのだと思います。間違いなく私も爆撃任務についていて、これらのキャンプや電車の上空を飛んでいたのです。私が実際にしたこと以上の何かができたのではないかと感じていました。(一六六)[筆者加筆]

ホロコーストを通して、西洋芸術の美術館でさえも文化の住む場所としては不釣り合いだと思えるほどの衝撃的な憎悪を感じているシャピロは、加害者への憎しみと同時に、自らの責任への罪悪感を持ったことを告白していることから、アウシュヴィッツの煙の中で自転車をこぐメンゲレは、アウシュヴィッツ上空を飛ぶ自身の姿とも重なり合う。そして、被害者ではないが、加害者でもないとも言い切れないような自身の居心地の悪い立場から感じる罪悪感は、「パウル・ツェランとプリモ・レヴィへ」で語られる常にアウシュヴィッツの煙の記憶に包まれつつ、西洋文化の中で生きざるを得ないアメリカのユダヤ詩人の姿にも投影されるのではないだろうか。
続いて、煙を取り上げた詩として、「自然史」を読んでみたい。

恐竜たちは、生き残るために、
鳥になった。ユダヤ人たち
ヨーロッパの
煙になった。いったいなにができる
煙になって?

淡々と語られる短い詩行の中で、「生き残るために」('to survive' 1.1) 鳥へと進化した恐竜が、「煙となったヨーロッパのユダヤ人達」('The Jews / of Europe became / smoke,' 1.2-4) と対比されている。

主語である「恐竜」の直後に'to survive'を挿入して目的を強調しており、一方で対比される「ヨーロッパのユダヤ人たち」が何のために煙になったのかが明かされないことで、かえってその目的へ意識を向けさせることになる。煙になって何ができるのか、という問いかけにはホロコーストへの強い批判が込められていることが読み取れる。また本詩の「自然史」というタイトルからも、この最終行の問いかけには、絶滅を逃れるために鳥になった恐竜たちに対して絶滅のために煙になったと言えるユダヤ人たちが、自然史の一部として、後世に何を伝えているのか考えるよう読者に訴えかけていると言えよう。ここでも、これまで取り上げてきたシャピロの詩における「煙」のイメージと同様に、無力な存在の象徴として煙は描かれている。

シャピロの複数の詩に見られる煙の表現について考えたところで、先に取り上げた「パウル・ツェランとプリモ・レヴィへ」の冒頭の煙の表現へと立ち戻って、この詩の中で示される意味について考えてみたい。「パウル・ツェランとプリモ・レヴィへ」の一、二行目で描かれるホロコーストの煙を想起させるツェランとレヴィの中を「漂う煙」('the smoke' l.1)は、終盤の十七行目で再びブルックリンの「煙」('smoke' l.17)として現れる。ツェランやレヴィの経験したアウシュヴィッツの煙が、時間的・空間的な隔たりを超えて現在のブルックリンの煙と結び付けられる。それと同時に、パウル・ツェランとプリモ・レヴィの中にいまだ立ち上る煙を表現した「漂う」('drifted' l.2)という語の主体は、今度は日の光('Sun' l.16)へと移り変わる。

先にもみたように、絶望を理解した上で、絶望に慣れながら生きていくという思いを示したブルックリンの語り手にとって、この太陽の光は一筋の希望の光としてとらえることもできるかもしれない。しかし、未来への希望を感じるには、まだ「煙」がその存在感を強く示していると言わざるを得ない。シャピロの詩において儚く無力な存在として描かれてきた犠牲者たちの煙は、「パウル・ツェランとプリモ・レヴィへ」においては、漂い続けることによって日の光を遮り、ホロコーストの記憶を引き起こし続ける力を持つ。第二次世界大戦中に感じた「罪悪感」を今なお抱え続けるシャピロは、同胞たちが経験した絶望を理解し、同胞を思いながら決して晴れることのないホロコースト後の世界を生きているのである。

4　同胞愛を通して確立するアメリカに生きるユダヤ系詩人としてのアイデンティティ

シャピロのホロコースト詩には、アメリカに生きる詩人としての複雑な思いと罪悪感が表出されていた。シャピロはホロコーストやヨーロッパのユダヤ人をテーマに創作する中で、自身の詩作の場や、アイデンティティを模索していたようである。

一九九三年のエッセイ「まだ生まれていないアイデンティティから書く」の中で、第二次世界大戦後にユダヤ人をテーマにした作品だけを創作し、ユダヤ人向け雑誌だけに発表することで自身の読者は他の詩人の読者とは違うと考えていた時期があったことを振り返っている。

ヤコブ・グラットシュタインの詩「こんばんは世界」("Good Night World")にみられる精神で、私は自分自身のために小さなゲットーを作っているところだった。もし当時、私が参加できる本当のコミュニティがあったなら、私はゲットーにとどまっていたかもしれない。しかし、私のゲットーは現実のものではなかったし、私の聴衆は、そうであったとしても、そしてたいていはそうでなかったとしても、ユダヤ人ではなかった。だから私は危険な世界に足を踏み入れなければならなかった。(二二)

フィンケルシュタイン(一九九八)が「そもそもどんな詩であっても、読者の多くは同化し、世俗化したユダヤ人であるから、彼の詩を読むユダヤ人たちであっても本当の意味での「ゲットー」を構築することは不可能であった」(一〇八)と指摘するように、シャピロが望むような小さなゲットーは、現実には実現困難であったことに加え、イディッシュ語で創作したグラットシュタイン(Jacob Glatstein 一八九六―一九七一)と異なり英語で詩作したシャピロの読者であれば一層その読者は多様であることが推測できる。すなわち、シャピロが詩を書き続ける限りは、ユダヤの文化や伝統を保有したまま、アメリカ文学――シャピロの言う「危険な世界」――に足を踏み入れざるを得ないのである。

さらに、シャピロ自身は、彼のアイデンティティについて、ユダヤコミュニティへの参加が叶わない一方で、アメリカ人としての確固たるアイデンティティも確立されているとはいいがたい状態だと分析している。

自分はアメリカで生まれた第一世代でイディッシュ語を話すシュテトルの祖母のそばで育ったというだけで、つまりは私の中で語っているのは移民の不安であって、特別なユダヤ人としての不安ではない。［……］ベトナム戦争への抗議活動が行われる間、アメリカが自分の国であるかのようにアメリカの国旗を切り刻むことができる若いユダヤ人たちに驚いたが、同時に、私がいかにここでは客でしかないかを感じた。古典的な移民の感情である。

私のユダヤ人としての社会的なアイデンティティについて言えば、それは部分的にはアメリカの反ユダヤ主義の産物である。（一九九三：一二一―一二三）

アメリカへの強い帰属意識を持つこともできず、その一方でホロコーストを経験したヨーロッパのユダヤ人にも罪悪感を感じざるを得ない。アメリカの反ユダヤ主義によって、かえって自身のユダヤ性を強く感じているのである。どこにでも所属しているようでいて、どこにも所属していないような帰属感の希薄さは、新たなアイデンティティの創造と確立の必要性を意識させる発端となっていると考えられる。

こうした帰属意識の希薄さは、シャピロを詩作へと一層かきたてたと考えられる。互いにユダヤの文化や伝統をテーマに試作をしてきた親しい友人チャールズ・レズニコフにあてて書かれた詩「チャールズ・レズニコフへ」('For Charlese Reznikoff')には、詩を書くことの喜び、同胞詩人とのあたたかな交流が示され、ユダヤ系詩人との連帯という同胞愛を通して、アメリカに生きる詩人としてのアイデンティティを見出している。「ジャージーにかかる宵の星／煙霧を切り抜ける」('Evening star over Jersey / making it through the smog. ll. 1-2)と書き始められ、煙霧から何とか抜け出している点も、これまでの詩に描かれたような漂い、取り巻く「煙」の描写とは異なる。詩中において、歩きながら見えるものを書き留めていくのだとレズニコフに話しかけ、オブジェクティビストとしての実験的詩作方法の実践をする高揚感を伝えている。七行目から始まる二連では創作の喜びを表出し、二十六行目の最終行まで、詩作への愛とそれを共有できる仲間との絆がうたわれている。

賛成です、チャールズ。日の高いうちから読み書きするのは
それは大きな喜びです。だから
窓辺に座って
今週の土曜日の朝は夢中になる
ページに言葉を載せていくことに
あなたが言葉を載せるほどの注意深さではありませんが——

私にはそういった忍耐力や技術はありませんが――
でも私の素早いやり方で、いい加減な
やり方で、朝の光を祝うために
そして六十二歳がきたと言うために
来週月曜に私がすること
そしていまだに喜びを感じるのです
書くことに、それは私を幸運な男にしてくれるのです。
そしてあなたとあなたの
何年にもわたる人生のすばらしさ
それは未だ記憶に残っている
そのことが二重に私を幸運にするのです
　　　　　　そこにはいます
そのような同じテーブルを囲むすばらしい仲間が。
私たちはそこに座っています、それぞれが作品を手にして。

フィンケルシュタインとのインタビューにおいても、「私は常に詩人たち、そして私とはまったく異なる種類の人生を送っている詩人たちと自分自身を一致させてきました。彼らは基本的に私の精神的な兄弟でした。」と語っており、共に詩を書く仲間と言葉の世界に生きることができる喜びに満ちている。

互いにユダヤにかかわるテーマを創作してきたレズニコフとの詩を通した暖かな交流の記憶は、書くことへの意欲と言葉の世界に生きることの喜びを引き出し、さらには詩を介して行われる詩人同士の交流がより一層その幸福感を高めている。アメリカに帰属意識が持てないシャピロにとって、ユダヤの歴史や文化についてうたう詩の言葉こそがユダヤ系詩人同士の結束を高め、絆を深めるものであると同時に、詩人同士の連帯こそが愛に溢れた場であることを確信している。

詩の言葉の世界とそれらを共有できる同胞詩人との交流を通して自らのアイデンティティを見出そうとする姿は、ある意味では、流浪の民として土地を持たないユダヤ民族が言葉の中で文化や伝統を伝承し、記憶していくことでユダヤ人共同体アイデンティティの結束力を高めたこととも繋がる。シャピロの詩において、アメリカに暮らすユダヤ人としてホロコーストを語ることの限界と罪悪感は、常に付きまとう煙の存在に象徴的に表されていたが、このようなユダヤの記憶を詩の言葉にして語り続けることで、ホロコーストをうたうユダヤ系アメリカ詩人の絆を深め、現代のアメリカに生きるユダヤ人としての新たなアイデンティティを確立する道を見出したと考えられるだろう。

引用・参考文献

Finkelstein, Norman. 'An Interview with Harvey Shapiro' March 17, 2000.

https://smartishpace.com/2020/09/an-interview-with-harvey-shapiro/

——. "Looking for the Way: The Poetry of Harvey Shapiro," *Religion & Literature*. Vol. 30, No. 3, Jewish Diasporism: The Aesthetics of Ambivalence, The U of Notre Dame (Autumn, 1998), pp. 97-120.

Gubar, Susan. "The Long and the Short of Holocaust Verse," *New Literary History*. Vol.
35, No. 3, Critical Inquiries, Explorations, and Explanations, The Johns Hopkins U, (Summer, 2004), pp. 443-468.

Levy, Kathryn. "One Craft: An Interview with Harvey Sapiro," *The Southampton Review*.
(Summer, 2011) Vol. V, No. 2., pp. 161-169.

Shapiro, Harvey. *Battle Report: Selected Poems*. Middletown, Conn.: Wesleyan UP, 1966.

——. *A Day's Portion*. Hanging Loose Press, 1994.

——. "I Write Out of an Uncreated Identity." *The Writer in the Jewish Community: An Israeli-North American Dialogue*. Ed. Richard Siegel and Tamar Sofer, Fairleigh Dickinson UP, 1993. pp. 21-23.

——. *Selected Poems*. Carcanet, 1997.

——. *The Light Holds*. Wesleyan UP, 1984.

第三章　狂気を生きる愛

――アイザック・バシェヴィス・シンガーの『メシュガー』

佐川和茂

1　はじめに

ホロコースト文学において愛を論じることは、極限状況における愛という意味で、心を引き締められる思いがする。平凡な日常生活を生きる者にとって、極限状況での愛、また、その前後での愛の諸相を見つめることは、精神を二重、三重にも引き上げる心の張りを要するのではないか。それは、まさに狂気を生きる愛と言えよう。ホロコーストのような極限状況において、人は存続への必死の営みを続けるが、その中で、またはその前後で、愛はたとえ束の間にせよ、狂気を生きる炎を燃え上がらせるのであろう。

ホロコーストを生き延びた精神科医ヴィクトール・フランクルは、存続に貢献した要因を述べている。それには、内面の豊かさの維持（Frankl 五六、六一）、待っている人や仕事を思うこと（一一七）、ユーモアの効用（六八）などが含まれるが、大きな流れの中で幸運（九八）も助けになったに違いない。

一方、父親と二人でいくつかの強制収容所を経たエリ・ヴィーゼルは、父親との絆が二人の存続を助けた過程を描いている。最終的には、息子は父を重荷と思い、父が亡くなった時には「解放された」（Wiesel 一一三）と感じたにせよ、二人が極限状況で助け合ったからこそ、生命を少しでも伸ばすことができたのである。さもなければ、父はもとより、息子も短命に終わっていたことであろう。

また、ヒトラーのポーランド侵攻を逃れて渡米したアイザック・バシェヴィス・シンガー（Isaac Bashevis Singer 一九〇三—九一）は、『ゴライの悪魔』『モスカット一族』『ショーシャ』『敵、ある愛の物語』『ハドソン河の影』『悔悟者』『メシュガー』など、ホロコースト前後に焦点を合わせた作品を書いているが、彼も「死に瀕して燃え上がる愛」（『敵、ある愛の物語』八一、『ハドソン河の影』二六—七、『愛を求める青年』一七七、『悔悟者』一五、『メシュガー』一一一、一五五、など）を描いている。それは狂気を生きる愛である。人はいかなる状況においても、愛がなければ、その生命の灯は、ろうそくのように燃え尽きてしまうであろう。

さて、フランクルは『夜と霧』において言う、体験せざる者には、極度の飢えや寒さ、死と常に隣り合わせの状況は、「到底わからない」（Frankl 四八）、と。それには異論の余地がない。

それでも、一般論として、われわれは生きている限り、それらに近い状態を、たとえ瞬間であれ体験することがあろう。そうした小刻みな体験が、われわれにホロコースト文学への接近をもたらしてくれるかもしれない。その点、シンガーは「子供時代に戦争、飢餓、厳冬を体験している」(『うれしい一日』一七七、一七九)のであり、ホロコーストを内部者/外部者の視点で眺める位置に近いのである。

そこで、われわれ読者は、せめて「間接的な目撃者」として、想像力を働かせ、極限状況の愛に思いをはせ、シンガーのホロコースト文学の頁をめくってゆくことにしよう。

2　愛の三角関係

『敵、ある愛の物語』と同様、『メシュガー』においても、ホロコーストの犠牲になったとばかり思っていた人が、ある日、ひょっこり現れる(Singer 三)。イディッシュ語新聞『フォワード』で身の上相談を担当し、そこで連載小説も書いている『メシュガー』の語り手アーロンのもとへ、ある日、不意に現れたワルシャワ時代の著名人マックスもそのような人であった。八十代になったマックスは、彼を「父親・愛人・伴侶」(五四)と慕う二十七歳のミリアムを、四十代後半のアーロンに引き合わせ、かくして彼らの間で(めったに起こり得ないような)愛の三角関係が進展してゆくのである。

マックスとミリアムはホロコーストを生き延び、アーロンは大悲劇の中で家族をすべて失っている。彼らは、まさに狂気に巻き込まれ、狂気を生きているのであり、彼らの愛は狂気を生きる愛と言えよう。

ミリアムは若くしてホロコーストの地獄を嘗め尽くしており、善悪混交の人間性に通暁し、精神的に成熟している。ちなみに、『ある死刑囚との対話』によれば、独居房で過ごす死刑囚は、われわれが日常世界で人を見ている眼をもうひとつ深くえぐったような眼で人を見ている。現在という一瞬を大切にし、おそらく普通の人が体験するものの数倍の濃密さで生きている（加賀一二八、一九五）、という。数年を死と隣り合わせに生きたミリアムを、この死刑囚に当てはめてみれば、彼女をよりよく理解できるのではないか。死を見つめて生き、常に死と隣り合わせで、死と競り合う体験を経てきたのだ。難病患者の生き方も、これに似ているかもしれない。こうした体験を経たミリアムは、この後、いかに生きてゆくのであろうか。

精神的に成熟したミリアムは、若者ではなく、（五十歳も年が離れた）マックスのような人生体験の豊かな老人に魅了されるのであろう。さらに、彼女は「独自の思想を語る」（五五）四十代後半のアーロンにも、惹かれてゆくのである。ホロコーストを背景としたこのような愛の三角関係は、愛の諸相を書き続けてきたシンガーならではの独特のものであろう。

アーロンは、シンガーの自伝的要素を強く帯びているが、生来好奇心が旺盛であり、物事の神秘に関して「永遠の問い」を発し続け（『神を求める少年』Singer）、多くの愛の交わりを体験している（『愛を求める青年』Singer）。二つの大戦を経て、家族や愛人をすべて失い、ヒトラーによって失われた「亡霊の世界」をイディッシュ語で描き続けているのである。彼は、驚くべき記憶力によって、ミリアムの目の前で崩壊してしまった世界を、その豊かな文化を、作品で蘇らせてくれる。

一方、大悲劇の中で幾多の危機を潜り抜けたミリアムは、ポーランドより渡米後、住居を確保し、車の運転を覚え、大学で学び、アーロンに関して博士論文を執筆しているという。彼女は、イディッシュ語作家として長く不遇な時代を経てきた(『アメリカで迷う』Singer)アーロンを有名にしたいと願う。

ここでわれわれが想像するように、ミリアムは、過去の辛い記憶を抱いているはずである。しかし、それによって自己への信頼を失うこともなく、不遇の中で「真の愛」を維持し、(ソール・ベローの『宙ぶらりんの男』ジョウゼフと同様)二十七歳に至るまでの驚くべき達成によって、それなりの自己評価を築いているのである。数年を死と隣り合わせに生き、大きな精神的外傷を負っているはずであるが、少なくとも肉体的には健全である。そこで悲惨な人生に負けず、強く生き延びたいという積極性を示す。ただし、それとは裏腹に(シンガーのほかの人物たちにもしばしば見られるように)自殺願望が抜けない。

ホロコースト以後のミリアムの人生へのこうした態度は、いかに生まれているのであろうか。その点、ヴィクトール・フランクルは繰り返し説く、「避けがたい苦難など、人生の悲劇的・否定的な局面でさえ、人の達成に変えることができよう。それは不遇に対し人がいかなる態度を取るかによるのである」(『意味への意志』Frankl ix)と。また、結核を生き延びた精神科医、神谷美恵子は

「人が自己に対してどのような態度を取るかにより、その後の生き方に大きな開きが生じることであろう」(『生きがいについて』神谷　一二四)という。すなわち、悲惨な体験を経たミリアムが「自己に対して取る態度」が、ホロコースト以後の彼女の人生に大きな違いをもたらしているのである。

彼女は、子供時代に主なイディッシュ文学作品を読破したことを含め、大変な読書家であり、豊かな教養がある。語りも執筆も得意であり、二十七歳にして「百年も生きた」(三一)と言うほど、誰にも引けを取らない人生体験を経ている。彼女は、二十歳も離れたアーロンに負けず人間性に通暁しており、彼といかなる内容でも語り合うことができる。これらの特質は、アーロンが打ち込んでいる創作に有利に働くことであろう。現に、彼女は、驚くべき速度でイディッシュ語タイプライターを打ち、また、口述筆記によって、アーロンの仕事を助けている。かくして、アーロンとミリアムの間に、激しい性愛とともに、創作を核とした精神的な絆が築かれてゆくのである。

一方、八十代になり鷹揚になったマックスは、「真の愛と言えば、彼女は清純な処女だよ」(一五四、一六〇)と繰り返すが、ミリアムは、逆境の中で純潔さを失わなかった点で、三浦綾子の『泥流地帯』に生きる曾山福子を連想させよう。酒と賭博で身を持ち崩した父親の借金のかたに売春宿に売られ、死を望むような悲惨な目に合いながらも、福子は純真さを失わず、まれに見る忍耐によって泥流地帯を稲田に変えてゆく石村拓一と結ばれてゆく。戦争中に打ち込んだ教育に裏切られ、難病で寝たきりの十三年を過ごした三浦ならではの、人物造形である。

そこで読者は、福子とミリアムを並べてみたい気持ちに駆られるのである。二人とも自身は悪くないのに、環境の圧力によって、逆境へと運ばれてきたのだ。しかし、悲惨な状況にもかかわらず、彼女たちの核は揺るがず、奇跡的に独自の純真さを失っていない。ミリアムや福子は、ホロコーストを生き延びた精神科医ヴィクトール・フランクルと同様、清濁併せ呑むわれわれの世界に生きるまれに見る人間であると言わねばならない。

確かに、彼女たちの核は揺るがず、それは逆境の中でも自己や周辺に働きかけ、生産的な活動を求めてゆくのである。戦争あるいは泥流ですべてを失った彼女たちが、人生の修復を目指す姿勢は、感動的である。

おそらく彼女たちは、いったんゼロないしゼロ以下の地点まで落ち、それから徐々に人生の修復を目指してゆく、ということであろうか。その過程では、人が普通は当然視しているものに対しても、深い感動や感謝を抱いていることであろう。

ミリアムは、前述したように、死を望むこともあるが、同時に、学問に励み、博士論文を執筆し、家庭を築き、幸福を得たいという積極的な願望も抱いている。死を望むことは、体験上、無理のないことであろうが、人として生きたいという願望も燃えている。これは素晴らしいことではないか。彼女のこうした特質を発揮して生きることが大切なのであり、彼女はホロコーストの犠牲者として終わるわけではない。そこで彼女の人生の修復を補助するものとして、マックスやアーロンとの愛が重要である。

さて、一九四〇年代、ホロコーストを生き延びた人々は、難民としてニューヨークにたどり着き、そこで連絡を取り合いながら、言わば小さな「共同体」を築いている。彼らは、大悲劇によって住んでいた東欧世界を破壊され、足場を失った人々である。多くの親しかった人々を失い、財産や地位や家庭を奪われ、子供時代より慣れ親しんだ共同体を破壊されたことが、その人の人生に、いかに大きな打撃を与えることか。その大きな不安や恐怖の中で、苦難の末にニューヨークにたどり着いた後、命を落としてしまう人も少なくないが、彼らは新聞やラジオで身の上相談を担当し、新聞に連載小説を書いているアーロンを通して、「精神の共同体」を築く雰囲気を漂わせている。アーロンの場合、作家として、精神的な指導者ラビとも似て、人の打ち明け話に耳を傾け、彼らの精神の問題の相談相手になることが、しばしば起こるのだ。そうした小さな共同体の中で、愛の三角関係も続いてゆくのである。

3　愛の起伏

次第に判明してくることであるが、ミリアムは、戦時中、非ユダヤ人地区に隠れて住んでいた折、乱れた性愛を体験し、強制収容所では、鞭をもってユダヤ人抑留者を酷使する監督（カポ）になり、また、ナチス将校の愛人でもあったという。

それらは生き延びるためにやむを得ない手段であったと解釈するにせよ、アーロンは吐き気を催すほど、ミリアムの汚濁の過去に辟易し、「二人の関係は終わった」（八八）、と宣言したこともあった。しかし、苦渋の果てに、結局、アーロンはありのままのミリアムを受け入れようと決心してゆく。それは、ホロコースト体験者の立場に立たないで、どうしてその人を非難できるであろうか、また、もし自分が似た状況に立たされたとしたら、果たして違った行動を取れたであろうか、という彼の自問からである。これは、前述のフランクルの言葉(Frankl 四八)と響き合う。体験せざる者には、到底わからないホロコーストの諸相が存在していたのだ。

振り返れば、ミリアムがホロコーストの最中に犯した諸々の行為は、忌むべきものであったに相違ないが、ただし、それは彼女の全体像を見たときに、異なる光を帯びてくるのであろう。特にそれは、彼女の精神の核を見たときに、異なる解釈が可能になってくるのではないか。

すなわち、自己を支える核の違いによって、人は同じ状況を体験しても、異なる反応や解釈を示すのである。ホロコーストを生き延びたミリアムの場合は、その顕著な例と言えよう。彼女の核は、周囲の移り変わる状況によって、たやすく崩れるものではない。彼女は、マックスが繰り返し言うように、「真の愛と言えば、清純な処女である」し、彼女は「神に対する信仰を捨てていない」(一五九)のだ。ホロコーストの過去は汚濁に満ちたものであったにせよ、老いたマックスや中年のアーロンを愛することや、世話を委託された幼児をその母親以上に上手く育てることや、アーロンの作品に関して博士論文を執筆していることなどは、生産的な仕事であり、それが彼女の力の源泉であり、自由を発揮する手段であり、幸福への道筋なのだ。ミリアムの人生を眺めると、環境の力に翻弄されてきたことを否めないが、基本的に、彼女の核となる性格がその人生を支えてきたと言えよう。彼女は、清濁併せ呑むわれわれの世界において、まさにまれに見る人間である。

さて、ニューヨーク、エルサレムと場面が変わる過程で、老いたマックスは、やがて病いで倒れてゆく。ユダヤ人として多くの迫害を掻い潜り、不動産業や文化的な活動で奮闘し、精力のある限り、多彩な女性関係を展開した生涯であった。

それでは、残されたアーロンとミリアムの愛は、さらにいかなる起伏を経てゆくのであろうか。シンガーの作品では、多くの異性体験が繰り返される。『メシュガー』では、「今日、人は、一人の異性と一生添い遂げることは滅多にない」(六六)という。シンガーにせよ、ベローにせよ、マラマッドにせよ、他の多くのユダヤ系作家にせよ、性愛の描写は非常に多い。一人が複数の女性と次々に性愛を展開してゆくのである。それは複雑な関係を生み、緊迫感にあふれ、読者の興味を持続させせよう。

ただし、読者はこうも思うのではないか。それは、時間や精力の浪費であり、集中心や方向性の欠けた人生の営みではないのか。反対に、もし一人の女性と「真の愛」を育み、夫婦が共に高め合って生きてゆけるのであれば、それははるかに生産的なことではないのか、と。

実際、それがまれにでも実践できるのであれば、幸いである。人は結婚したら、すぐ夫婦になれるわけではない。幾星霜を経て、経験を積み、夫婦として成熟してゆくのである。青春の愛、中年の愛、老年の愛があるのだ。人は人生においてそうした道程を味合わなかったなら、もったいないではないか。また、生涯を振り返ったとき、それは精力を効果的に用い、経済的にも効率的であり、生産的な人生であったということにならないであろうか。しかも夫婦がそれぞれ良い仕事を成し遂げるためには、伴侶の力を無視できない。そこで二人が共に成長してゆけるのであれば、一人の異性と添い遂げることは、幸いである。加えて、共に成長を目指す夫婦であるならば、相手に対する関心は衰えず、長い結婚に伴う「倦怠」を回避できるかもしれない。

アーロンとミリアムの年齢差は、二人の結婚生活にさしたる支障を及ぼさないであろう。ミリアムの豊富な人生体験は、彼女を精神的に成熟させ、二十歳も年上のアーロンといかなる話題でも話し合うことができる。彼女の多岐にわたる人生体験は、アーロンに格好の執筆材料を提供することであろう。

アーロンやミリアムの愛の起伏には、紆余曲折を経た者同士が「真の愛」を求め合う願望が窺えよう。愛とは、性愛も含めて、ユダヤ系の精神科医エーリッヒ・フロムが述べるように、「責任」を伴い、全面的に相手を受け入れる能動的な行為が求められるのだ(Fromm 一〇八)。すなわち、成熟した愛とは、お互いの個性を認め合ったうえで成り立つ男女の絆なのである(Fromm 一七)。規律や鍛錬を伴わなければ自由が機能しないのと同様、鍛錬や実践を伴わなければ愛は機能しないのである。

4　アーロン、ミリアムと創作

アーロンとミリアムを結び付けるものは、激しい性愛を含む熱情であるが、加えて、二人の愛を持続させる要素は、創作であると言ってよい。

ミリアムは、アーロンに実際に出会う五年ほど前より、彼の作品を愛読していたという。それは、子供時代よりイディッシュ文学に親しんできた彼女の人生を発展させたものであろう。特異な体験に独自の反応を示してきた彼女は、アーロンの作品に独自の声や思想を感じ取り、彼の作品に傾倒し、それに関して博士論文を書こうとさえしているのだ。彼女をそれほどまでに動機づける要因は、彼女の目前で崩壊してしまった世界を、アーロンが作品中で生き生きと蘇らせてくれるからである。今となっては、ヒトラーに滅ぼされ亡霊となった世界や、そこに生きた人々の文化を、なんとか保存しようとすることが、ミリアムを動機づけているのであり、それがまたアーロンとの絆を強化しているのである。

ワルシャワではユダヤ人は忘れ去られ(Singer 一三四)、ポーランドではユダヤ人がいなくなっている(一六二)という。したがって、アーロンやミリアムがポーランドへ行ったとしても、墓場を歩くようなものである(五四)。『ポーランド最後のユダヤ人たち』(Niezabistowska)も年老いて消えゆく生存者たちのわびしい雰囲気を、文章と写真でわれわれに訴えかけている。彼らの精神や文化が、彼らの消滅と共にこの世から消えてゆくとしたら、それはこの上もなく残念なことである。それでは、アーロンやミリアムは、創作を通してその傾向にあらがう「最後の世代」となるのであろうか。

アーロンは問う、「広大な宇宙のどこかにすべてを記録し記憶する保管所があるのだろうか」(一七〇)と。もしそうであるならば、アーロンとミリアムが助け合って紡ぎ出す物語も、そこに集約されてゆくのであろう。

東欧のユダヤ社会で生を営んだ個性豊かな人々は、神との対話に生き、聖典を生活の指針とし、物質のみでなく精神的な探求を重視していた。同時に、彼らは、清濁併せ持ち、善悪の戦いを日々継続し、愛の諸相も多彩に展開していた。彼らを描き続けるアーロンに「結論はない」(二一五)かもしれないが、それを読むわれわれは、そこから何らかの生きるための叡智や希望を見出してゆくのである。

さて、破壊的な要素の中を掻い潜ってきたアーロンとミリアムは、環境や運命に翻弄され、逆境の中で創作と愛を展開してきたが、二人の今後はどうなるのであろうか。

創作に関しては、彼らの核とすそ野が充実している限り、長期にわたってそれは継続されるであろう。その作品が、自己のルーツを模索している若い世代に、愛読されることを願うものである。

一方、創作と共に、アーロンとミリアムという長い伝統や多岐の体験を経た二人の遺伝子が結合することによって、興味深い新たな生命の誕生も期待できるかもしれない。ただし、子供を持つことを望むミリアムに対して、人口過剰や飢餓という悲観論を抱くアーロンは、彼女の願いをかなえてあげるのかどうか定かではない。また、彼らが旧世界の精神文化を熟知する「最後の世代」となるのかどうかもわからない。

5　安堵感

『メシュガー』を含むシンガーの作品には、悲観的な描写や、悲惨な内容が多い。しかし、それにもかかわらず、不思議なことであるが、読者は、一種の安堵感を覚えることが少なくない。それはなぜであろうか。三点ほど要因を考えてみたい。

まず、一つには、それはシンガーの視点にあるのかもしれない。彼は、ヒトラーから逃れたことを含め破壊的な要素を掻い潜ってきたユダヤ人として、物事をゼロないしゼロ以下の地点から眺めているように思える。その結果、わずかの幸運や奇跡のようなものでさえ、大きな喜びとなって感じられるのではないか。それは、飢餓を体験した人が、ささやかな食べ物をさえ大きな喜びで味わうことに似ているであろう。したがって、こうしたことに共感を抱く読者は、そこに生きるための叡智を見出し、不幸や悲劇の多い人生においても、ある種の安らぎを見出すのではないか。それがシンガー文学の一つの魅力かもしれない。現に、『メシュガー』の中にも、アーロンの作品を生きる支えにしている、と話す人々が登場する。

ゼロやゼロ以下の視点として、アーロンを含めた作中人物は「世の中全体が精神病棟のようだ」(三九、一七三)と言う。彼がこうした考えを抱くのは、大戦やホロコーストの影響であろう。ただし、彼は、このように見切りをつけたうえで、創作に励み、人生の諸事に対処してゆく。すると、そこでは予期せぬ奇跡に遭遇する場合がある。たとえば、自分の作品に深刻な誤植を見出し、読者の笑いものにされる寸前であったアーロンが、遭遇した幼なじみによって救われる挿話である。こうした展開も安堵感を醸し出すものであろう。

二点目として、シンガーの人物は、混沌とした人生を送り、狂気の中を生きているが、同時に彼らは精力的である。ミリアムを含めたホロコースト生存者を見ても、その行動力には目を見張るものがある。

たとえば、アーロンと愛の三角関係を展開したマックスは、ニューヨークで八部屋もある住居で暮らしているが、老いてなお驚くほど精力的である。四時間余りの睡眠で活動し、一九三〇年代にはアメリカで不動産を取得し、さらにイスラエル建国以前にエルサレムなどに土地や建物を購入している。ミリアムの他にも女性関係は多いが、「精力の続く限り、楽しんだのだ」(一五二)と豪語している。

次に、マックスの妻プリヴァは、裕福な商人やラビの家系の出であるが、五カ国語を話し、聖典に詳しく、ワルシャワの豊かなユダヤ文化の雰囲気を今に伝えている。最初の夫や、医療従事者であった息子や娘をホロコーストで失っているが、彼女はロシアの収容所では、氷点下で木材を伐採する重労働に従事していたのだ。そして、病弱になりながらも、現在では神秘的な交霊術に没頭している。

別居したミリアムの両親に関して言えば、共産主義者であった母親は、俳優とパレスチナへ逃れ、不動産業で資産を蓄えた父親は、芸術家の女性と一緒になったという。ミリアムは、自分自身や両親や弟は(イディッシュ語で「メシュガー」と言う)「狂って」いるわ、と言うが、彼らはそれなりに精力を発揮しているのである。

加えて、ハイム・ジョエル・トレイビッチャーという人物は、旧世界やアメリカだけでなく、エルサレムなどでも土地を買い、株取引もする実業家である。同時に彼は、ユダヤ文化の発展に尽くし、イディッシュ・ヘブライ文学の重要作品をヨーロッパ諸言語に翻訳する企画を立て、また、難民の人材開発にも尽力している。さらに、ホロコースト難民たちの資金を悪用した甥の不始末を謝罪し、犠牲者たちに弁済している。彼を含めた精力的な人々は、悲惨な物語の中で息抜きの安堵感を抱かせるのではないか。

そして、三番目の要因として、シンガーの抵抗の宗教を挙げたい。

シンガーは、『アメリカで迷う』の冒頭(Singer 一)でも述べているように、ラビであった父親が抱いていた揺るぎのない信仰に対する憧れがある。父親にとって、ユダヤ教の信仰は、生涯を営むための具体的な指針であり、それは彼の魂に深く浸透したものであった。

そこでシンガーは、『悔悟者』『ルブリンの魔術師』『ハドソン河の影』などでユダヤ教の伝統に回帰しようとする人々を描いているが、残念ながら、それを大きく阻むものがある。それは神の態度である。ホロコーストを含めた恐るべき迫害に対して、神はなぜ沈黙しておられるのか。創造主への祈りを唱えながら、死に向かって行ったユダヤ人を、神はなぜ見捨てておられるのか。これでは、人知を超えた創造主の叡智に畏敬の念を覚えても、その慈悲を信じることは到底できない。そこで、「神の行為が不正であると思われる時、人はまだ抵抗する権利があるのだ」(『神を求める少年』三八、『アメリカで迷う』所収)と思うシンガーは、神に対する抵抗の宗教を唱えているのである。

抵抗を唱えるシンガーにとって、動物の虐待とナチスの蛮行とは、紙一重である。一般に、人は、ロブスターを生きたまま熱湯で料理し、動物を過酷な実験材料とし、動物の親子を同時に食しても平気である。したがって、シンガーは(聖典が動物を食することを必要悪と認めているにも関わらず)菜食主義を実践し、質素に暮らし、神への抵抗の宗教を飽くことなく唱えているのである。

そこで、アーロンを含めたシンガーの人物は、可能な限り他者やほかの生き物を傷つけないよう努め、菜食主義を実践している。その傾向は、『ごくつぶし』の悪漢的な主人公マックスにさえ見られるのである。われわれ読者は、抵抗の宗教に共鳴できる場合、それを実践できるか否かは定かでないとしても、それに安堵感を覚えることであろう。

6　おわりに

世の中全体は精神病棟のようであり、大戦やホロコーストがもたらした狂気に満ちているかもしれない。しかし、その中でも人々は狂気を生きる愛の炎を燃やしている。愛がなければ、生命の灯はろうそくのように消えてしまうであろう。これは、極限状況の彼方に、そして絶望の彼方に、何らかの希望を感じさせる要因である。『メシュガー』には、ユダヤ教神秘主義ハシディズムを興したバール・シェム・トフの曾孫ブラツラフのラビ・ナフマンの言葉が含まれている。「生命の炎が燃えている限り、何事も修復可能である」（一二八）と。

ホロコーストを生き延びたユダヤ教の精神的な指導者ラビとアーロンとの対話で示されるように、愛の諸相を書き続けてきた彼に「結論はない」かもしれない。しかし、そこには心温まる物語や生きがいを感じさせる内容が含まれており、『メシュガー』の登場人物に言わせているように、それは読者の精神を引き上げ、存続をもたらす要素を構成しているのである。

ホロコーストのような極限状況においてこそ、狂気を生きる愛が必要である。一般に、愛は、生ぬるい態度で営むものではなく、能動的な行為を伴う。愛する者同士を高め合い、成長させるものでなければならない。狂気を生きる愛がシンガー文学で語り続けられることは、人間の悲惨な歴史がなせるものであろう。ただし、逆説的に言えば、そこで人生を修復する余地は少なくないかもしれない。抵抗の宗教を提唱し、菜食主義を実践し、病気の時でさえ締め切りを厳守したシンガーの姿勢は、彼が遺した作品に宝として埋め込まれてある。それを発掘するのは、われわれ読者の生きる態度である。

引用・参考文献

Bellow, Saul. *Dangling Man*. New York: The Vanguard Press, 1944.
Frankl, Victor E. *Man's Search for Meaning*. New York: Pocket Books, 1959.
Fromm, Erich. *The Art of Living*. New York: Harper & Row, 1956.
Neizabitowska, Malgorzata. *Remnants: The Last Jews of Poland*. New York: Friendly Press, 1986.
Singer, Isaac Bashevis. *A Day of Pleasure*. New York: Farrar, Straus & Giroux, 1969.
——. *Enemies, A Love Story*. New York: Farrar, Straus & Giroux, 1972.
——. *Shosha*. New York: Faucett Crest, 1978.
——. *Lost in America*. New York: Doubleday & Company, 1981.
——. *The Penitent*. New York: Farrar, Straus & Giroux, 1983.
——. *Scum*. New York: Farrar, Straus & Giroux, 1991.
——. *Meshugah*. New York: A Plume Book, 1994.
——. *Shadows on the Hudson*. New York: Farrar, Straus & Giroux, 1998.
Wiesel, Eli. *Night*. Middlesex: Penguin Books, 1958.
加賀乙彦『ある死刑囚との対話』弘文堂、一九九〇年。
神谷美恵子『生きがいについて』みすず書房、一九八〇年。
佐川和茂『ホロコーストの影を生きて——ユダヤ系文学の表象と継承』三交社、二〇〇九年。
——『文学で読むユダヤ人の歴史と職業』彩流社、二〇一五年。

――『ソール・ベローと修復の思想――生と死の彼方に』大阪教育図書、二〇二三年。
三浦綾子『泥流地帯』新潮文庫、一九七七年。
――『続泥流地帯』新潮文庫、一九七九年。

第四章　ホロコースト後のトラウマ、回復、そして愛
――アイザック・シンガー『メシュガー』と『敵、ある愛の物語』

アダム・ブロッド／篠原範子訳

1　はじめに

ヴィクトール・フランクルは、その著書『夜と霧（*Man's Search for Meaning* 二〇〇六年）』の中で、収容所を経験した内部の人間として、また収容所を経験していない外部の人間として、ホロコーストについて経験したことの意味を明確かつ率直に語っている。内部の人間として、フランクルは囚人であった自分自身と周囲の人々の試練について書いている。外部の人間の立場では、ホロコーストでの経験を客観的に肯定的に利用するという知的目標を持って、自分自身と他者を分析した。例えば、ホロコーストにおける困難で不当な体験、そして精神科医としてのホロコースト以前の診療経験を生かし、実存分析という新たな精神医学の分野を発展させた。そして、フランクルがその著

書の中で何度も述べているように、精神科医として獲得した能力で外部の人間として、また、自分には生きのびる意味があるという信念を持った内部の人間として、収容者仲間を助けることができるという彼の信念は、彼自身だけでなく、周囲の人々の命をも幾度となく救ったのである。

さらに、ホロコーストが終わり、フランクルがホロコーストの外側の人間になった後、その実体験、そしてその経験を処理し、そこから意味を得る能力も、フランクルには強さの源となったようだ。例えば、フランクルが「普通の生活に戻ってから」(四八)ずいぶん後、だれかがフランクルにホロコーストの囚人たちが「蚕棚のベッドの上から、押し合い重なってベッドに横たわりながら、どんよりした眼で観察者をみている」(四八)写真を見せた。写真を見せた人は、その写真のおぞましさにショックを受けたようだが、フランクルにとっては彼自身が囚人だったときに、病気のために雪の中、屋外で作業をせず、ベッドにいることを許された数少ない楽しい日々を思い出しただけだった。フランクルはこう記している。

私が収容所の写真を見せられた時、記憶は私の精神の眼の前にこれらすべてのことをありありと描き出した。そしてこれらすべてのことを私は語り、ついに人々は私の言うことを理解してくれ、なぜ私がこの写真の示すものを少しも物凄いものではないと言ったかわかってくれた。全くこれらの患者は、自分を少しも不運と感じていなかったことを、私はよく理解できるのである。(四九)

このように、ホロコーストにおけるフランクルの体験に対する反応には、内部の人間であっただけの作家や外部の人間であっただけの作家が語ることのできない、あるいは通常語ることのできないような知恵や力、特権的な視点が見られる。これはフランクルが内部の人間であった後、長い年月を経て、外部の人間でもあったことによるのであろう。

本稿では、ナチスドイツがユダヤ人迫害の最終的解決を実行する前、そして祖国に侵攻する前の一九三五年にアメリカに移住した、ポーランド生まれのユダヤ系イディッシュ語作家アイザック・バシェヴィス・シンガーが、積極的に意味を持って、そして主としてホロコースト犠牲者である自分自身のためだけでなく、他のホロコースト犠牲者のためにも作品を書いたと言えるのではないかということを示したい。さらに、フランクルとは異なり、シンガーはホロコーストの悍ましさを直に体験していないが、彼の母親、弟、そしてある意味彼の子供時代の文化といったものはすべて抹殺されてしまい、その間彼はニューヨークで暮らし、彼らを助けることもできないでいた。その結果、ホロコーストに巻き込まれていなかったけれども、いや、巻き込まれていなかったからこそ、ホロコーストのトラウマを負ったことは間違いなく、この苦悩の心理的根源を十分に自覚し、他者の中にそれを見出すことができたのかもしれない。例えば、フロイトが『モーセと一神教(*Moses and Monotheism* 一九三九年)』で初めて提唱したトラウマ論は、シンガーがホロコースト後の小説の一つ、『ハドソン河の影(*Shadows on the Hudson* 二〇〇八年)』の中で言及していることから、この本について知っていた可能性が高い。カルース（Cathy Caruth　トラウマの言語、証言、文学理論、言語の消滅と存続について幅広く執筆している比較文学分野の著名な教授）は次のように述べている。

フロイトの例［恐ろしい事故によってトラウマを負ったにもかかわらず、それによって身体的危害を受けなかった人の例］によって明らかになった中心的な謎は、事故後に起こる記憶の忘却期間についてではなく、むしろ事故の被害者が事故が起きている最中、完全に意識のある状態ではなかったということである。その人は逃げてしまうのだ。（カルース一七）

このように、シンガーはホロコーストから逃れたかもしれないが、逃れたことと逃れられなかったことの両方からトラウマを感じていた可能性がある。

シンガーがホロコーストについて書いた小説は、『メシュガー（*Meshugah*）』（一九五〇年代初めに執筆）、『ハドソン河の影（*Shadows on the Hudson*）』（一九五五年〜一九五六年に執筆）、『敵、ある愛の物語（*Enemies, A Love Story*）（一九六一年〜一九六三年に執筆）の三冊である。『ハドソン河の影』はシンガーのポスト・ホロコーストの著作の中で重要な位置を占めるが、本稿では取り上げていない。以前にも書いたように（Brod 二〇二二年）、『ハドソン河の影』で、シンガーは、ホロコーストのトラウマを日常生活の中で意図的かつ効果的に利用し、このトラウマから世界を創造するというよりは、失われた世界を追悼しようとしており、小説の中でホロコーストのトラウマがさりげなく言及されている。一方、『メシュガー』と『敵、ある愛の物語』はどちらも非常に芸術的で、意図的にドラマティックな作品となっており、対照的作品として書かれているように思える。しかし、実は逆説的に同一の感情的真実を描いていると考えられ、これはそれぞれの小説を執筆していた当時のシンガーのホロコーストに対する感情を反映している可能性がある。

2 『メシュガー』――シンガーの外部の人間としての悲劇的かつ喜劇的なトラウマの否定と、内部の人間としてのトラウマの受容

エステル・ペレル（Esther Perel）はエロティックな欲望の原因と意味を研究する、著名な、現在人気のセックス・セラピストであるが、彼女自身も偶然にもホロコースト生存者二人に育てられ、少女時代にホロコースト生存者が住むアントワープの小さな町を調べたとき、生存者には二つのグループ、つまり「（死ななかったが病的で崩壊していた）人たちと生き返った人たち」（二〇一五年）が存在したと述べている。この点で、『メシュガー』の物語は、誰もがホロコーストで死んだと思い込んでいたマックス・アバーダムという人物が、実際には生きていたことを前提としている。この人物は、比喩的にも文字通りの意味でも、蘇ったように見え、シンガー自身を含む他のキャラクターも蘇らせる。

小説の冒頭、シンガーの分身である、アーロン・グレイディンガー(ポーランド出身でニューヨーク在住のイディッシュ語ジャーナリストであり、小説の一人称の語り手)がこのように語り始める。

たびたび起きたことだが、てっきりヒトラーの収容所で亡くなったと思っていた人物が実は生きていて、元気に姿を現すのだった。(三)

やがて、アーロンは、ホロコーストで妻と娘を亡くしながらも生き残った、自分より年上の旧友であるマックスとの友情を取り戻す。物語の中で、マックスは、慣習にとらわれないタブーとされる性的関係によって蘇ろうとしているのか、あるいはホロコーストを経験したことの代償としてなのか、さまざまな年齢や立場の妻や愛人を何人も持っている女たらしであることを楽しんでいる。マックスはこう言う。

「全能なる神に何も借りはない。神がヒトラーどもやスターリンどもを送ってよこし続けるのなら、神は奴らの神であって、わしの神じゃない。」(五)

アーロンは、シンガー同様、直接ホロコーストを耐え忍んだわけではないが、やはりシンガー同様ホロコーストによって心に傷を負い、両親、弟と故郷の両方を失い、ホロコーストを実際に経験しているマックスのような人たちの存在をときに神秘化し、称賛しているように見受けられ、またマックスの情熱や女好きなところに振り回されている。

こうして、アーロン、マックス、そしてマックスの愛人の一人で、同じくヨーロッパの強制収容所を生き延び、年齢はマックスの半分、アーロンより四分の一ほど年下と思われるミリアムが、複数恋愛主義的な三角関係を形成する。この複数恋愛主義的な関係は、古典的な滑稽さをもって物語の過程で何度も試練にさらされ、最終的に結婚という結末を迎える。例えば、当初アーロンとミリアムは、二人が愛し合うようになることにマックスが腹を立てるのではないかと考えるが、本の後半でマックスはもともと自分が年老いて死んだ後、アーロンとミリアムが結婚することを考えていたことがわかる。また、別の例では、ミリアムにスタンリーという夫がいたことがわかるのだが、この元夫はミリアムとアーロンが愛し合った後、ふたりとも裸でいるところに銃を持って押し入る。しかし口論の最中、スタンリーは出版物の写真でアーロンに気づく。スタンリーはアーロンとミリアムに銃を向けながら、アーロンの本を読んだこと、そしてスタンリー自身も英語で詩を書く詩人であると話す。アーロンはそれに対し、こう言う。

「スタンリーさん、でも銃を私たちに向ける必要はない。[……]私はあなたの立場をわかっているし、あなたの気持ちも理解できます。なんのかんの言っても、みんなユダヤ人じゃないですか。」(七〇)

スタンリーが襲撃中に文学について話したがるのは滑稽だし、アーロンがこの状況でスタンリーに共感するのも滑稽だ。さらに、ミリアムを置いてアパートを出ることを許されたアーロンは、早朝に近くの友人たちの家のドアをノックする。その後、アーロンの友人で元恋人のステファは彼にこう尋ねる。


「夢を見ているのかしら、それともほんとにあなた?」

「うん、ステファレ、夢を見ているわけではないよ。」と私は言った。

「何十年もそう呼ばなかったじゃないの。何があったの? だれかが真夜中にあなたを追い出したの? 彼女のだんなさんがいきなり銃を持って姿を現したの?」

ほとんど自分の耳が信じられない思いで、私は言った。「そう、まさにそうなんだ」(八三)

ステファはもちろん、アーロンの答えを冗談か意図的な嘘と受け取る。このように、アーロンはステファに曖昧に真実を伝えることで、事実上嘘をついているのだ。魅力的でユーモラスな哲学的逆説である。さらに、スタンリーが襲撃でミリアムのナチスとの淫らな関係を暴露した後、アーロンはミリアムとはもう関わらないと誓うが、アーロンのものを返すために最後にもう一度会うようにミリアムから説得される。しかし、二人が会ったとき、ミリアムは「ワルシャワの売春婦のやり方で装って」おり(八九)、ミリアムが自分の不品行さを素直に受け入れて見せたことにアーロンは大いに魅了され、二人はより深く、より親密なレベルで求愛を再開する。従って、滑稽な愛の試練としてのこの曖昧な真実は、アーロンとミリアムの愛の生活に広がる重要な部分であり、おそらく、シンガーがこの小説を執筆していた当時、ホロコーストについて知っていたこと、受け入れていたことについての認識にとっても重要である。

この小説は最後、古典的に喜劇的な、至福のユダヤの結婚式で終わる。「あれはアダムとイブの結婚式以来、もっとも静かな結婚式だった」(二二八)とミリアムの父親が言うように、これはさらなる新しい世代の誕生を暗示しているともとれる。ホロコーストの傷がまだ新しく、癒えていない一九五〇年代初めに、喜劇の形式でホロコーストの物語を書くというシンガーの選択は、ホロコーストが彼に与えた影響について嘘と真実の両方を語ることにより、またホロコーストによる傷を彼自身受け入れると同時に否定することにより、単に死なないのではなく、生き返りたいという彼自身の願望を示しているとも言える。

しかし、登場人物全員がホロコーストを生き抜いたこと、あるいは愛する人がホロコーストから逃れられなかったことで苦しんでいること、そして彼らが生き残った結果人間の残酷さを知るという事実には、暗い形而上学的な帰結が見られる。マックス、ミリアム、アーロンが互いについて知っているかもしれないこと、ホロコースト中の彼らの行動とモラルが、ホロコースト後の彼らの人生にどのような影響を及ぼすかということこそが、登場人物たちが互いに抱く、開放的で若々しく、安らぎを感じるような愛に対する脇筋なのである。例えば、小説の冒頭、マックスの家族について彼の妻と二人の娘がシュトゥットホフ強制収容所で死んだことが記されている(一一)。そして小説の最後には、ミリアムがシュトゥットホフ強制収容所で、ナチスの代わりに他のユダヤ人に罰を与える、かなり凶悪なカポ(1)であったことが明らかになる。ミリアムは鞭を持ち歩いき、女性や子供に無差別に鞭を使い、マックスの妻と娘たちの殺害に手を貸した可能性もあった。マックスはミリアムの過去を知っており、次の会話から推測されるように、ミリアムがマックスの家族がシュトゥットホフにいたことを知っている可能性もある。


「私がみんなしゃべっちゃうわ」

「みんな?」マックスが吠え立てた。

「そうよ、みんなよ」(三二)

したがって、本書の形而上学的な帰結は、ホロコーストの間のミリアムの行為について、他の男性との情事を含めた不道徳の詳細をアーロンが次第に知るようになり、彼女の堕落がどれほど深く広いかを知り尽くしてもなお、彼女との結婚を選ぶということである。これはまた、シンガーと同様にアーロンのホロコーストに対する意識が高まっていることを示していると考えられ、『メシュガー』が書かれた時点(ホロコーストが終わってから十年も経っていない時点)では、たとえその感情を克服できていなかったとしても、アーロンは自分のトラウマとなった感情を受け入れる決心をしたと考えられる。
最後に、アーロンがホロコーストの理不尽な結末を受け入れざるを得なかったことで、アーロンはミリアムと夫婦として絶対に子供はもたないと決めた可能性がある。ミリアムが新婚の女性が伝統的に普通に望む、結婚後に子供を持ちたいという夢を口にした時、アーロンはこう言う。

きみとぼく、我々はラバのようなものだ。一つの世代の最後のものたちなんだよ。(二二八)

したがって、ミリアムを愛し結婚するが、彼女との子供は作らないというアーロンの決意も、喜劇的ではないが、曖昧な状況を際立たせているのかもしれない。例えば、『メシュガー』におけるシンガーの知識の扱いや利用が小説の結末や道徳において積極的な働きをしているように、アーロンは実際、ホロコーストに関して彼が知らないこと、あるいは彼が無意識であることに起因すると思われる心的外傷後ストレス障害から最終的にいくらか解放されたことに気づく。実際、ミリアムと恋に落ちることで、アーロンはホロコーストで経験しなかったことを肉体的に本能的に意識し、自覚することができる。しかし、ホロコーストの現実や真実は、たとえ非常に解放的な種の愛を前にしても、結局この小説を喜劇的というよりは、むしろ悲劇的なものとしてしまう。あるいは、執筆当時のシンガーの心情からすれば、喜劇的であり、同時に悲劇的であったのかもしれない。ホロコーストに対するシンガーの相反する感情は、『メシュガー』の執筆当時、ホロコーストに対するトラウマの内部と外部の両方にいたというよりも、内部にしかいなかったことを示しているのではないだろうか。

3 『敵、ある愛の物語』——内部の人間と外部の人間としてのシンガーのホロコースト後のトラウマに対する特異な視点

ホロコーストの苦しみから得たと思われる実践的な知恵に関しては、フランクルは他の人々と分かち合うことができたと考えられる。ホロコーストから長い年月が経った後、フランクルの診療所を訪ねてきた男性が、自然死と思われるが、最近妻が亡くなり、妻のいない生活にはもう耐えられないと言った時、フランクルはその男性に、もし男性が先に亡くなっていたら、妻も同じように感じただろうかと尋ねた。男性は、「ああ、［……］彼女にとってひどいことだったでしょう。彼女はどんなに苦しんだことでしょう！」と答えると、フランクルは、男性の心の傷によって妻はそのような苦しみを逃れたのだから、男性の苦しみには本質的な意味があると指摘した。また、この男性が妻を失って心に傷を負っていることについてのフランクルの洞察は、フランクル自身のホロコースト体験に直結しているのかもしれない。例えば、フランクルは妻と離ればなれで、その生死を知る由もなかったが、ホロコーストの囚人であった間に妻と心の中で語り合ったことを、感傷的ではなく客観的に述懐している。

もし私が当時、私の妻がすでに死んでいることを知っていたとしても、私はそれにかまわずに妻の姿を思い浮かべ、妻との心の会話は同じように生き生きとして、同じように満足かつ満足させるものであったであろう。［……］その愛は死の如く強くればなり」（雅歌八章ノ六）という心理を知ったのであった。(3)（三九）

こうしてフランクルは、妻への思いの存在に気づくことで、不当な迫害を受け、妻と離れ離れになっても、喜びや意義、愛の感覚を取り戻すことができたのである。そして、そこから得た知識を彼の診療所を訪れた心に傷を負った男性に用いることで、この男性は妻への愛に気づき、たとえ男性の痛みがフランクルの痛みほど不当なものでも、トラウマ的なものでもなかったとしても、人生の満足感と意味を取り戻すことができたのだ。同様に、シンガーは『敵、ある愛の物語』を書き、翻訳してより多くの読者を獲得することで、（昔も今もよく知られている）ホロコーストの惨禍そのものではなく、そのような惨禍の後遺症がどのように認識され、嘆かれ、精神的意味をもたらすのか、つまり忘れ去られることなく、終結させられるかについて、世界に知らしめようと、作家としての技量や才能、そしてホロコーストによる自身の心的外傷後ストレス障害（PTSD）と向き合った経験を生かそうとした。

この小説は、ホロコースト以前から最中にかけて、ポーランドで哲学を学ぶ良家のユダヤ人学生だったハーマン・ブローダーにスポットを当てて始まる。ホロコースト後、最初の妻タマラと子供たちは死んだと聞いていたハーマンは、非ユダヤ人女性ヤドヴィーガと結婚し、彼女とともにニューヨークに移り住む。ヤドヴィーガは、小説の冒頭ではユダヤ教徒ではなかったが、ハーマンとユダヤ教を愛するあまり、ホロコーストの間彼をかくまい、物語の中でユダヤ教に改宗する。ヤドヴィーガはハーマンやタマラの家で家政婦をしており、ホロコーストの間はハーマンを自分の家の納屋に隠し、世話をしていた。シンガーはハーマンの視点でこう書いている。

彼女はこうして、母と妹を絶えず危険にさらしていた。というのは、もしユダヤ人を隠していることがナチに知れでもしたら、三人の女はたちどころに銃殺され、村もまた焼き払われたにちがいないからである。(六)

ハーマンとヤドヴィーガはナチに見つかることなく逃げたのだが、後にハーマンはニューヨークで典型的な心的外傷後ストレス障害の症状に苦しむことになる。逃げたとはいえ、いや逃げたからこそ、彼は小説の中で何度もナチスに捕らわれる可能性を神経質に力なく追体験する。

シンガーは、ハーマンが、ニューヨークで唯一の家族がハーマンであるヤドヴィーガと、母親とホロコーストを生き延びて一緒にニューヨークに移り住んだ後、その母親と暮らす愛人のマーシャとの間で巧みに時間をやりくりしている様子を描くところから小説を始めている。その後、ハーマンは最初の妻タマラが撃たれたが死んでおらず、彼女が彼を探しにニューヨークに来たことを知らされる。現代イディッシュ文学研究者のジャン・シュワルツ(Jan Schwarz)はこう指摘する。

この小説の筋書きは、「信じられないようなハーマンと三人の妻」についての「実話」として、『フォワード』紙(新聞)の三面記事コーナーにぴったりはまっただろう。(九〇)

確かに指摘のとおりかもしれないが、同様にこの筋書きは表面的には、『メシュガー』のユーモアにあふれた複数恋愛的な筋書きと対比されるものかもしれない。

シュワルツはさらに、ハーマン、そしておそらくミリアムも欺瞞に満ちた愚か者(イディッシュ語でnar)の役割を果たす一方、ハーマンに裏切られるヤドヴィーガやミリアムに裏切られるアーロンのような登場人物は、「単純な心を持った、聖なる愚か者」(イディッシュ語でtam)であると論じている(Schwarz 九四)。シュワルツはハーマンについて、「彼は典型的なNar(欺瞞に満ちた愚か者)であり、自分自身のヘルムChelm(愚か者の町)を作り出している」(九七)と主張している。しかし、『メシュガー』が喜劇の形式の中に悲劇を内包しているように、『敵、ある愛の物語』は悲劇の形式の中に喜劇を内包した作品なのだ。

例えば、ホロコーストの後タマラは、物語の中でマックスのように生き返るが、マックスのように情熱的に生きてはいない。さらに、やはりマックスとは異なり、タマラは子供たちがホロコーストで処刑された後、彼女自身は死んでいないだけという無気力な気分になり、自分自身を何度もこのように表現している。

「あのタマラは死んだの」(六二)
「わたしは自分がこの世の人間ではないと思ってるの。」(八〇)
「私は死骸よ」。(一一〇)。

ホロコースト以前はいい父親でもいい夫でもなかったハーマンだが、子供たちのことは深く愛していたようで、彼らの死によって心に傷を負い、ヤドヴィーガには子供を持たないと誓う。シンガーはこう書く。

ハーマンはヤドヴィーガが妊娠しないように気をつけていた。子供が母親から引き離されて銃殺されるような世の中では、子供を産む権利などありはしない。(六一七)

このように、『敵、ある愛の物語』は、子供は決して持たないと誓うユダヤ人の夫と、子供が欲しいと強く願う新妻という『メシュガー』での悲劇的な結末で始まる。この内的葛藤は、ヒトラーが企てた最終的解決の当初の目的は達成されなかったが、将来のユダヤ人の世代の終焉をさらに進めることになるであろうことをおそらく象徴的に表している。

しかし、そのタイトルが示すように、『敵、ある愛の物語』は、フランクルが妻に抱いていたものと同様の深く、誠実で精神的な愛、「愛する人間の精神的存在とどんなに深く関係しているかということ」(三八)にも根ざしているものなのだ。同書では、ハーマンが三人の女性との関係を成立させ、それぞれ引き離しておこうとする滑稽な側面が見られるが、ハーマンは三人の女性を満足させ、世話し、精一杯愛したいと心から願ってはいる。シンガーはハーマンの視点でこう語る。

アパートにひとりでいてハーマンは、[……]ヤドヴィーガと、マーシャと、タマラにテレパシーで自分の気持ちを伝えようとしてみた。三人みんなをなぐさめ、みんなに良い年が来るように祈り、みんなに自分の愛と献身を約束した。(一二〇―一二一)

つまり、『敵、ある愛の物語』の中でシンガーが描いた愛は、非伝統的、非慣習的で複数恋愛主義なものであったとしても、真剣で、精神的で価値のある愛であることに変わりはない。

さらに、同書を執筆していた当時のシンガー自身も、このような純粋に精神的で超越的な、世界に自然に存在する愛という考えを受け入れていた可能性もある。例えば、語り手として次のように書き、論じている。

ハーマンは、長い間積み上げられてきた民族の魂が、人の一生の中に凝縮されていることに気づいていた。遺伝子は、過ぎ去った時代のことまで覚えているようだった。ウォイタスやマリアンナでさえ、インコの祖先から受けついだ言葉を喋っているように見えた。インコたちは、明らかに言葉をかわしあっていたし、ある瞬間、同じ方向にそろって飛んでゆくのは、お互いの心の中を知り合っているとしか思えなかった。(一二一―一二三)

ウォイタスとマリアンナが示すようなこの「愛」は、より科学的に歴史的トラウマを正確に描写していると言えるのではないだろうか。つまり、直接的なトラウマの経験がないにもかかわらず、遺伝子は過去の世代が受けた苦しみを覚えているようであり、精神的に親しい者同士は、内部の人間と同時に外部の人間として、互いのトラウマを理解し合えるかもしれないことを表現していると考えられる。

『敵、ある愛の物語』には、ホロコースト生存者の人生を取り巻く悲劇の中に見られる高揚感、希望、そして素晴らしくユーモアあふれる愛が見られる。しかし、その愛の形を考えると、この物語はやはり悲劇と言える。ハーマンはマーシャが彼を欺いたことに腹を立てたとき、ヤドヴィーガを妊娠させないという最初の誓いに反しているにもかかわらず、「神がお望みなら(一三八)」と、ヤドヴィーガとの間に子供をもうけることに同意する。しかし、ヤドヴィーガと女児を捨て、マーシャが自殺する前に彼女の元に戻る。しかも、マーシャの自殺後、ハーマンは姿を消してしまう。シンガーはハーマンを非難してはいないようで、ハーマンがどこに、なぜ姿を消したかは明らかにしていない。しかし、タマラとヤドヴィーガがハーマンの娘をユダヤ教で育て、マーシャと名付けることで、娘マーシャに命を吹き込んだすべてのドラマと厄介な状況を称え、認識している。つまり、個人の問題としては、少なくとも健康なユダヤ人の女の子の誕生につながったのだから、大人のマーシャとハーマンの不誠実によって引き起こされた問題が受け入られたことを示しているとも言える。しかし、この女児の受容は、シンガーがホロコースト自体を受け入れていることをほのめかしているとも考えられる。あるいは、マーシャの血筋がホロコーストの影響を受けており、彼女の存在はホロコーストの直接的な結果であるにもかかわらず、ユダヤ教の未来に対するそれなりの希望を示唆しているのかもしれない。また、二人の母親と不在の父親という女児マーシャの家族の構造は、七〇年前なら悲劇的と見なされたかもしれないが、世界そのものがホロコーストから(完全に回復したとは言わないが)かなり回復し、その過程でホロコースト後も愛し続ける方法を学んだことにより、その家族の歴史は本質的に悲劇的というよりは喜劇的なのかもしれない。

4　結論

フランクルがホロコーストの囚人であった自分の物語を語ることは、自分自身を癒し、他の人たちがトラウマから立ち直る手助けをする上で必要だったかもしれないし、それを望んでいたかもしれない。そんなフランクルは非常に文学的な科学者と形容できる。一方、シンガーは非常に科学的な文芸作家と考えられる。だからこそ、シンガーは彼自身の人生、そして他の人たちの人生を取り戻すために、ホロコースト難民が米国に移住し、それぞれの人生を取り戻す物語を語る必要があったとのではないだろうか。科学や芸術の優れた作品を生み出すためには、この種の利他主義は論理的には不要かもしれないし、不十分かもしれない。しかし、シンガーのより芸術的なホロコースト後の文学や、フランクルが科学的観察を文学的に語る様は、正当な科学と十分に作り上げられた芸術が科学的、芸術的効果だけでなく、道徳的効果のために存在していることを示していると言えるのかもしれない。

註

（1）　収容所で親衛隊員によって選ばれた、他の囚人の強制労働の監督や監視を行う囚人。

（2）　Brod, Adam. “A Comparison of Enemies: A Love Story and Shadows on the Hudson: I. B. Singer’s Cathartic, Healing and Healed post-Holocaust American Literature.” Shlemiel. No. 21, 2022, 1-11.

（3）　ヴィクトール・E・フランクル『夜と霧』（霜山徳爾訳、みすず書房、一九六一年）の翻訳を参考にした。

引用参考文献

Brod, Adam. “A Comparison of Enemies: A Love Story and Shadows on the Hudson: I. B. Singer’s Cathartic, Healing and Healed post-Holocaust American Literature.” Shlemiel. No. 21, 2022, 1-11.

Caruth, Cathy. Unclaimed Experience: Trauma, Narrative, and History [Kindle Book edition]. 2016 Baltimore: John Hopkins University Press, 1996.
Frankl, Viktor E.. Man's Search for Meaning [Kindle Book edition]. Beacon Press, 2006.
Perel, Esther. "Stories of Regeneration from the Second Generation-Esther Perel." YouTube,13 Mar. 2015, www.youtube.com/watch?v=8PhQGsC41S4.
Schwarz, Jan. "I. B. Singer's Art of Ghost Writing in Enemies: A Love Story." Laughter After: Humor and the Holocaust, Wayne State University Press. Detroit: Michigan, 2020. 85-103.
Singer, I. B. Enemies: A Love Story. Translated by Aliza Shevrin and Elizabeth Shub. 2012. New York: Penguin Books, 1972.
——. Meshugah. Translated by I. B. Singer and Nili Wachel. New York: Farrar, Straus, Giroux. 1994.
——. Shadows on the Hudson: A Novel. Translated by Joseph Sherman. 2008. New York: Farrar, Straus and Giroux, 1998.

邦訳

アイザック・B・シンガー『メシュガー』大崎ふみ子訳、吉夏社、二〇一六年。
アイザック・B・シンガー『敵、ある愛の物語』田内初義訳、角川文庫、一九九〇年。
ヴィクトール・E・フランクル『夜と霧』霜山徳爾訳、みすず書房、一九六一年。

第五章　ポール・オースターのポスト・ホロコースト文学
――『最後の物たちの国で』における「祈り」としての「証言」

内山加奈枝

1　はじめに

ポール・オースター(Paul Auster 一九四七―二〇二四)は、一九八〇年代後半に人気作家の地位を築いてから亡くなるまで四十年以上もの間、詩やエッセイ、映画の脚本に加え、二年に一度のペースで多くの長編小説を世に送り出した。その中でも、『ニューヨーク三部作』(*The New York Trilogy* 一九八七)の直後に書かれた『最後の物たちの国で』(*In the Country of Last Things* 一九八七)は特異な位置を占めている。二十にも及ぶオースターの小説の中心人物はたいてい、作者に似た男性の芸術家(詩人、小説家、学者、批評家など「書く人」)である。その中で唯一、女性の語り手アンナ・ブルームが、異国から故郷の友に送ろうと試みる手紙こそが『最後の物たちの国で』である。(1)特別なのはそれだけではない。この小説は、ホロコーストを体験していないユダヤ系三世のオースターが、人類史上最大の大量虐殺に応答を試みた作品にも読めるのだ。

アンナが発信する荒廃した国の名前は不明だが、アンナの語りにはヨーロッパの国名やシェイクスピアやディケンズという固有名も登場する。シューベルトとシューマン、ボジョレーとボルドーの違いを解すアンナが西欧文化に馴染んでいることは間違いないが、彼女の母国が明示されることはない(2)。時代や場所が特定されないアンナの世界は寓話的であり、この小説に対する初期の批評に反ユートピア小説や近未来小説といった反応が出されたことにもうなずける。だがオースターは、凍死や餓死、疫病、自殺、密輸、詐欺、拷問が蔓延し、アンナが人間屠殺場で危機に陥る悪夢的世界を、ドイツ軍によるレニングラード包囲やユダヤ人が強制移住させられたワルシャワ・ゲットーなどを参考にして描き、物語の題目ははじめ『アンナ・ブルーム二十世紀を歩く』であったと語る(*The Art of Hunger* 二八四)。そしてまた、アンナがユダヤ人であることは小説の中盤で明らかになる。

歴史に基づいた形式であっても表現不可能といわれるホロコーストを、アメリカで生まれ育ったオースターがフィクションとして表現することが心理的にいかに難しいかは推測できよう。ホロコーストは文学者に、語り継ぐ責務と同時に、想像してはならないと思わせる事象であるからだ。オースターはホロコーストを題材に歴史小説を書いたわけではないが、少なくとも自分がユダヤ人であることを少年時代から意識してきた。本論はこの小説を、二つの大戦とホロコーストを生みだした暴力の世紀を反映した、ポスト・ホロコースト文学として扱い、作者が直接には知りえなかった旧世界のユダヤ人の苦難を受け継ぐ試みとして読んでみたい。

オースターは、サバイバーであるアンナが語り出すまでの苦難の過程を描くことで、暴力的体験を証言することがいかに難しいかを示す。そのうえで、なお語ることの是非を問うているように思われる。アンナはコトバへの不信を乗り越え、自らの体験を証言するに至るが、その変化を支えるのが愛である。本章では、本書共通のテーマである「愛」を「祈り」という観点から考察する。

2　証言することの「困難」と「倫理」

行方知れずとなった新聞記者の兄ウィリアムを捜して異国にやってきたアンナを待ち受けていたのは、モノが消滅していき、それに少し遅れてモノを示す「コトバ」と「記憶」が消滅していく世界である。モノはばらばらになって消えてなくなり、新生児が誕生しなくなって久しい。そうした社会で生き残るためにアンナが選択した労働は、壊れたモノを見つけて再生業者に売る「モノ拾い業」である。彼女が友に送る手紙で最初に伝えるのは、昨日そこにあった家や道ですらがあっという間に消えてしまう世界で、労働に必要となる「歩ける分だけ最小限に食べる」技術である。彼女は空腹感に支配されないように、あえて食べないことに慣れようとする。

アンナが飢えたままモノを探し歩く困難は、彼女がコトバを探す過程に似ている。彼女が暴力に遭遇する危険を冒して徘徊する街はテクストであり、アンナが危険な兆候、あるいは貴重なモノを探しながら街を歩くことは、テクストを読み、書くことのアナロジーだ。朽ちかけたモノをやっとの思いで探しあて、断片と断片を結びつけた姿を想像し、再生の可能性を考えることは、証言するコトバを得るための困難の比喩といってもよい。アンナは服をはぎとられ道に横たわる死体について語るというよりも、語ること自体の困難を語る。「何の感情もこめず、いっさいの曖昧さも介入させずに、「私は子供の死体を見ている」と言うのは、そんなに簡単なことじゃないのです。その言葉をかたちづくろうにも心がひるんでしまい、どうにも口にする気になれないのです」(一九)。

アンナは「食べもの」と「語る対象」に対して「飢え」(不十分な状態)を維持する。これは、トーラー(モーセ五書)の解釈を代々継承し、結論を先送りにし続けるユダヤ的精神を思わせる。食べものが最小限に制限されるように、コトバもまた不十分であることが前提とされるのだ。[3] オースターの小説には、愛するものの死を体験した生き残りが登場するが、その多くはアンナのように、自分が他者の死の直接の要因でなくても責めを感じ、死者について語る。[4] 厳しい食事制限を自らに課すアンナもまた、語り部・書き手であるのだが、彼女が「語ることの倫理的問題」を乗り越えた先に「愛」がみえてくるように思われる。

では、語ることの倫理的問題とはどのようなことであろうか。コトバが時に暴力になりうる可能性は、オースター文学で繰り返される問いである。『ニューヨーク三部作』の三作目『鍵のかかった部屋』(*The Locked Room* 1986)では、名のない語り手(作家)が、自身の幼馴染である、失踪した天才作家について伝記を書くため、手がかりを探しにフランスにまで出かける。だが失踪した友も、友を表現するコトバも見つからない。業を煮やした語り手は、酒場で偶然出会ったあかの他人を自分の親友の名前で執拗に呼び続け、恐怖を覚えた相手に徹底的に殴られてしまう。こうした言語による、そこにないモノ（ヒト）の召喚、あるいは代用にアンナは抵抗する。アンナが直面するのは、言語がかならずしも真を表象するわけではないという倫理的側面である。

『鍵のかかった部屋』の語り手の無謀な行為は、オースターがエッセイ「空腹の芸術」（"The Art of Hunger" 一九七〇）のなかで論じたクヌット・ハムスンの『飢え』（一八九〇）の主人公、名のない青年作家の奇行を引用したものであろう。彼は身勝手にも、自分の恋する女性に、自ら考案した名前でしか呼びかけない。『最後の物たち』における言語の倫理的側面を考えるため、オースターが『飢え』のなかで目をとめた場面のひとつを紹介しよう。『飢え』の青年は、チョッキのポケットに入れたまま質屋に預けてしまった萎びた鉛筆を取り戻すときに熱弁をふるう。「質屋の主人に向かって、「哲学上の認識に関する三巻の論文」をまさにこの鉛筆を使って書いたのだと豪語する」（*Art* 一六）。これは、些細なものを取り戻すのが恥ずかしい青年の嘘である。モノの価値を実質以上にみせてしまう青年の語りは、『最後の物たち』の後半に登場するボリス・ステパノヴィッチが、モノの価値を買い手に信じこませる法外なほら話を思い起こさせる。だが、『飢え』の青年やボリスが繰り出すような、モノに過剰な価値を、ニセモノに本物らしさを与える物語にアンナは幾度も抵抗するのだ。

アンナがモノのない世界で目にしたのは、飢餓に苦しむ人々がついにはコトバを食べ物の代用にする行為である。食の欲求を満たそうとする人々は、前菜からはじまりデザートにいたるまで、調理法から一品ごとの風味や香り、自分の胃袋を食べ物が通過する感覚までも何時間も話し続ける。「もし言葉に食い尽くされることができるなら、人は眼前の空腹を忘れて、この街で言うところの「頬っぺた落ちの極楽」に入っていけるのです」(九—一〇)。アンナは友に向けて、自分の言語観の変化を次のように語る。

人々がなぜこんなふうに自分をごまかすのかは、私にも理解できます。けれど自分でやる気にはなれません。幽霊の言語を喋るのはお断りです。他人がそれを喋っているのを耳にすると、私はいつもその場を立ち去るか、両手で耳を覆うかします。そう、もう私にとって物事は変わってしまったのです。あなたは覚えているでしょう、私がどれだけ作り話の好きな子供だったかを。私がつぎつぎに語る話を、あなたは飽きずに聞いていたものです。〈中略〉あなたに嘘をつくこと、あなたをだまして私の話を信じさせることが、私にはどんなにか楽しかったでしょう。(一〇—一一)

最後には自分の話はすべて偽物だと明かして友を泣かせていた幼いアンナもまた、十九歳で道徳律が崩壊した国に来てからは、「想像力を働かせたことの報い」(一一)を嫌というほど目撃する。ありもしない素敵なアパートの話を聞き、そこに住みたいという願望のあまり詐欺にあう人々。想像力を否定するアンナですら人間屠殺場に出向いてしまうのは、駄目になった靴の代わりに新品が手に入るという作り話を信じてしまうからだ。「最後のモノたちの国」では、モノに続いてコトバと記憶が失われていく。ゆえに、「最後のコトバたちの国」でもあるのだ。だが、想像力と共に未来への希望を失ったアンナは、他者に幾度も歓待されることで、記憶をつなぐ言語の善性と愛の力を取り戻していく。

3 「幽霊の言語」の拒否から「証言」の受容へ

モノ拾いのため街路を漁って歩きまわるアンナに安眠できる住処はない。アンナは異国で三回安息の場を得るが、いずれも偶然による。最初の幸運は、モノ拾いの同業者、イザベルとの出会いである。街路で放心した老女が、自死を目指す集団の、狂ったような走行の下敷きになるところを身を挺して救う。オースターが脚本を書いた映画『スモーク』(*Smoke* 一九九五)にも同様の出会いがある。やはりもの思いにふけった中年作家ポール・ベンジャミンが歩道から車道に出てひかれそうになるが、偶然その場に居あわせた黒人少年ラシードに救われる。事故で妻子を失い、書くことに苦戦していたポールは、この少年に責任を感じることで新しい作品を生み出すまでに回復していく。それと同様のことがイザベルとアンナの間でも生じる。すでに四人の子供を失い、偏屈な夫ファーディントを養っているイザベルにとって、アンナは「神の愛のしるし」(四九)に神がよこしてくれたのだと言う。彼女のアパートに迎えられ、安息の場所を得たアンナもまた「何かとてつもない贈り物をもらった」(五〇)と感じる。アンナが「どうやら、他人の命を救うと云々、という格言は真実のようです。いったん救ったら、その人はあなたの責任になる。好むと好まざるとにかかわらず、あなたたち二人は永久に離れられない関係になるのです」(四六)と言うように、故郷で何不自由のない裕福な家庭の子女であったアンナは、身体が衰えたイザベルとファーディナントをひとりで養うまでになるのだ。

ファーディナントとイザベルが亡くなると、アンナは押し込み強盗にアパートを奪われ、食糧暴動に巻き込まれたことがきっかけで大きな国立図書館の中に逃げ込む。そこはもはや図書館としての機能をはたしていないが、前政権によって保護されたアカデミーや宗教団体、ジャーナリストらがそのまま部屋を使用していた。そこでアンナが最初に出会うのが、図書館の一室で議論を交わす男たちである。彼らのあごひげ、黒服、帽子をみて、アンナは一団がユダヤ人であることを知り、温厚なラビに自分もユダヤ人であるが、子供のときに信仰を捨ててしまったと告白する。

「まさかあなたがたは神を信じるとはおっしゃらないでしょうね」と私は言いました。

「私たちは神に語りかけます。だが神が私たちの声をお聞きになるかどうかは別問題です」

「私の友人のイザベルは神を信じていました。彼女ももう亡くなりました。私はイザベルの聖書を、再生業者のミスター・ガンビーノに七グロットで売ってしまいました。ひどいことをしたでしょう?」
「そうとは限りません。結局のところ、本より大切なものはたくさんあります。祈りより食べ物が先です」(九六 傍点は筆者)

ラビはまず生きるためには、本や祈りより先に食べ物が必要であるとごく全うなことを言う。だがこれ以降、アンナは相手に届くかわからない本や祈りとともに、希望を取り戻していく。

アンナはラビとの出会いを契機に、同じ図書館のひと部屋に住むサミュエル・ファーを探し当てる。サムは失踪した兄ウィリアムに代わり新聞社の特派員として異国に送られた若い男で、アンナは旅立つ前、兄の上司ボガットからサムの写真を渡され、異国に到着して以来長らく彼を探していたのだ。結局、サムは兄について何も知らないが、アンナは再び安らぎの場を得て、サムと夫婦同然の暮らしを送る。「優しさとか、共同生活の安らぎとか、それだけの話ではありません。私たちは深く、とり返しようもなく愛しあうようになったのです」(一〇七)。

アンナの目に「崩壊の一歩手前の男」(一〇三)に映ったサムは、何百人もの証言を集め、街のあらゆることを記録に残す仕事に執念を燃やしてかろうじて生きてきた。アンナは読者がいるとは思えない本に価値を見出せない。だが、サムへの信頼と、彼が願望でものを考えることはしないジャーナリストであるがゆえに、アンナは母国に帰る手段はあるという彼のコトバを信じるようになる。

そして、サムと共に本を届けることに希望を見出す。「本の仕事をしている限り、未来への希望も存在しつづけるのだということを私は悟りました」(一一四)。

壁に覆われつつある国境の外に脱して母国で本を出版するという目標に加え、アンナとサムの意識は未来に向かう。アンナが妊娠するのだ。ところが、コトバへの信頼を取り戻しつつあったアンナは再び、コトバの犠牲になってしまう。彼女はぼろぼろになった靴が雨にぬれたことで風邪をひき、外での仕事ができなくなってしまう。サムの仕事を少しでも助けたいアンナは、詐欺の話にまんまと騙され屠殺場にまで出向く。結果、魔の手を逃れるために建物から飛び降りることで子を失い、サムとの仲も引き裂かれてしまう。

路上に投げ出されたアンナは再び家に迎えられる。アンナが窓を突き破り落下してきたところに、ちょうど車で通りかかった老人フリックと孫のウィリーが彼女を拾ったのだ。おなかの子を失い、図書館の火事でサムの安否もわからなくなったアンナは息を吹き返すと、フリックとウィリーが働くウォーバン・ハウスの仲間に迎えられる。街の名士であった医師ウォーバン博士の遺志を継ぎ、娘のヴィクトリアはフリックたち数名の力を借りて、自分の居場所がない人々にわずかな期間、そこに滞在する権利と衣食を提供している。ヴィクトリアにハウスで働くことを提案されたアンナは、消極的に引き受ける。「実のところ、ハウスを貫いている善行哲学に、私はいま一つなじめませんでした。他人を助け、大義のために自分を犠牲にするというのは、私にはあまりにも抽象的に思えました。あまりに生真面目、あまりに利他的でした」(一三七)。

実際、ハウスに迎えられた人の中には、期限つきゆえに退所するときには絶望して自殺するものまでいた。

ハウスでベッドを得た人一人に対し、何十人という人が入れてくれと哀願しているのです。多数の人を少しずつ助けるべきか、少数の人を大いに助けるべきか？ この問いに正解があるとは思えません。〈中略〉助けねばならない人はあまりに多く、助ける人はあまりに少なかったのです。そのアンバランスは圧倒的でした。(一四二)

アンナが直面したのは、多くの入居希望者の中から特定の人たちを選ばなければならないという難題であり、その根拠だ。ホロコーストを生き抜いたユダヤ系フランス人哲学者エマニュエル・レヴィナス(Emmanuel Levinas 一九〇六―一九九五)は、〈私〉が責任を負うべき〈他者〉に加え、もうひとり別の〈他者〉が現れたときに法治国家が必要になるという。多数の他者に優先順位をつけなければならないとき、本来、慈愛を起源として国家が出現したにもかかわらず、国家の権威のもと下される正義において、慈愛が損なわれることがある。裁きは一般性に即して下されるが、一度裁きがくだされたあとでも、この正義には修正が加えられるべきだと語る。「正義の峻厳をやわらげ、個人的訴えに耳を傾けること、それは一人一人の役割です」(『暴力と聖性』一六〇　傍点は筆者)。

アンナはハウスの入居者を選ぶにあたり、自分と同じような身のうえ話を日に何十と聞かされ、ときに相手に共感することができない。どのような悲惨な話もそこではありふれているからだ。あるときは、夫が行方不明の女性の長話に耐えられず口論になる。確かに、生き残った者の「証言」は聞き手(読み手)の共感を求める一方、信じてもらえない、共感されない可能性を排除できない。それでもアンナは人の話を聞くこと、自分の記憶を伝えることが生きる希望になることをやがて知るのだ。

4 「祈り」としての「証言」

アンナはヴィクトリアの公私のパートナーになるが、ウォーバン・ハウスに面談にきたサムと奇跡的な再会を果たし、サムをもまたハウスに迎えられる。ヴィクトリアは、ハウスでのサムの仕事を提案する。ウォーバン博士がかつてしていたように、医者として人々の話の聞き役になってくれというのだ。医師の資格を持たないサムが医者のふりをすることにアンナは賛同できない。すでに医療を施す設備も薬もないとはいえ、そのような芝居は、ハウスの理念に対する裏切りに思えたからだ。「しばらくのあいだ、彼女に対して本気で憤りを感じていました。結局は彼女もほかの人間と変わらないと知って、何ともやりきれない気分になりました」(一六六)。

だがアンナもまた、医者役のサムが人々の信頼を得て、確実に彼らの傷を癒すことの効果を認めざるを得なくなる。「人が悩みを打ち明けることを許されたときに生じるプラスの効果を、彼はつくづく実感するようになりました。言葉を口にすること、わが身に起きた出来事を物語る言葉を解き放つことの健全な効果」(一六七)。

アンナがあれほど嫌うようになった作り話を再び許せるようになったのには、ボリス・ステパノウィッチの力も大きい。(5) ボリスはヴィクトリアの一番の協力者で、ウォーバン博士の所蔵品を売りながらハウスの運営に必要な物資を調達するのだが、話の真偽などどうでもよくなってしまうような、「生命のない事物に生命を吹き込むその弁才」(一五〇)によって、買い手はモノの背景にある物語をボリスから買う。アンナは、道化、悪党、哲学者など変幻自在な仮面をかぶりながら話してくれるボリスの体験談が真であるかわからなくとも、その背後にあるボリスの真心、子を失ったアンナを元気にするために与えてくれた愛情に気づき、「私はボリスに大きな恩を負っています」(一五二)と語る。

こうしてアンナもみずから語り始める。アンナは、衰弱し声を失ったイザベルが筆談に使った、まだ余白が多く残るノート、すっかり忘れられていたノートが、鞄のなかから出てきたことで手紙を書く強い衝動にかられる。

もしもイザベルの声が出なくならなかったら、これらの言葉もいまこのように存在してはいないでしょう。彼女が言葉を失ってしまったからこそ、これら別の言葉が私のなかから出てきたのです。そのことはあなたにも覚えておいてほしいと思います。イザベルがいなかったら、い

まここには何もないはずなのです。私は書きはじめさえしなかったはずなのです。（七九）

手紙を書き始めた当初からなぜ手紙を書くのかと断続的に問いながら書いてきたアンナが出したこの答えの解釈は一つではないだろう。イザベルと筆談したノートが出てきたから、イザベルに生かされた自分がまだこの世に存在するから、彼女の記憶を残したいから。いずれにしても確かなことは、アンナの手紙は彼女にしか語れない証言であるが、それがどのように受け取られるかは相手に託すしかない。そもそもそれは、相手に読んでもらえるかもわからない、友に読まれることをあくまで願う「祈り」である。

けれどももしこのノートが本当にあなたの元にたどり着いたとしても、あなたがそれを読まねばならない理由は何もありません。あなたは私に対して何の義務も負っていません。〈中略〉あなたの脳は私が述べた物語のごくわずかでさえ重荷として負いはしない。たぶんそのほうがいいのだと思います。けれど、それでもやはり、この手紙を焼いたり捨てたりはしてほしくありません。もし読まないことを選びとるなら、これを私の両親に渡してください。両親もやはり読む気にはなれないかもしれませんが、きっとこのノートを持っていたいとは思うでしょうから。（一八四）

注意深い読者はアンナの声が無事に届けられたことに気づく。この物語は、「これらは最後の物たちです、と彼女は書いていた」(一傍点は筆者)という一文で始まるからだ。

5　おわりに――アンナとユダヤの血

オースターにとってアンナは、自身が生み出した虚構の人物の中でもとりわけ愛おしい存在であるのは、中期の作品『写字室の中の旅』(*Travels in the Scriptorium* 二〇〇六)を読めばわかるだろう。[6] 老人ブランクは独房に閉じ込められており、そこに交互に訪ねてくる人物たちが彼を裁判にかけようとする。オースターの読者には、訪問者の名前やアイデンティティが作者がそれまでに生み出してきた虚構の人物たちのものであることがわかる。いかにもオースターらしい仕掛けであるが、作者の分身とおぼしきブランクは、かつて自分が任務におくった工作員たち(創作した人物たち)に過酷な運命を歩ませたゆえに恨まれている。その中で唯一ブランクを理解し、愛するのがアンナだ。記憶を失ってなお過去の責任を問われるブランクもまた、アンナがだれであるかはわからなくとも、彼女の写真をみるだけで溢れる愛を感じる。

作者にとって愛おしい女性アンナ・ブルームは、コラージュ芸術家クルト・シュヴィッタース(Kurt Schwitters 一八八七―一九四八)の詩に登場するヒロインの名前に由来するようだ。シュヴィッタースは一九一九年、偶然目にとまった木片にあった「アンナ・ブルーム」という名前や廃物などを組みあわせて描いた絵画を発表するが、ナチに「退廃芸術」の烙印をおされて没収される。同年「アンナ・ブルームに寄せて」という詩を発表するが、青年が若い女性への恋慕を吐露する詩であるものの、文法は間違い、意味の通らない部分が多い。それでも「君は前から読んでも後ろから読んでもa-n-n-a」という詩の文言は、明らかに『最後の物たち』に引用されている。

アンナを助けた老人フリックは、アンナの「復活」さながらの生き返りは、名前によるものだという。「言葉が物体であり口のなかに転がった石ころであるかのように、文字通り言葉につまづいてしまう」(一三三)フリックは、音声としての、物質としてのコトバの魔術的要素に力をみとめる。

あたしの名前はオットー。O-t-t-o、前から読んでもうしろから読んでもおんなじだよ。どこでも終わらない、もう一度はじまるっきゃない名前なんだ。あたしはそのおかげで二回生きられたんだ、他人の倍生きられたんだよ。あんたもだよ、お嬢さん。あんたもあたしとおんなじように名前がついてるよ。A-n-n-a。(一三三)

意味から切り話された音声としての言葉遊びを作品に混ぜることが好きなオースターが、ベルリン・ダダに近いところで活動していたシュヴィッタースの、廃物を組み合わせたコラージュに共感した可能性は多いにあるが、フランクが「もう一度生まれた」(一三三)というアンナはまさに、モノ拾いを通じて「他人の目には捨てるしかないと思えたものを、吟味し、分解し、再生させなければばならない」(三六)使命を持つ。アンナのモノ探しはコトバ探しでもある。

アンナ、そしてフリック・オットーの名前にアンネ・フランクと父オットーの名前をみとめる批評家もいるが、事実、アンナという名前は、オースターにとってユダヤの血と関連する名でもある。(7)アンナはオースターの父方の祖母の名前であり、回想録『内面からの報告書』(*Report from the Interior* 二〇一三)では、祖母アンナはイディッシュ語を話し、孫とはほとんど意思疎通がはかれない「異人」として語られる。この書の前半では、「第二次世界大戦の惨劇を頂点に苦闘と排除の歴史を体現する」(七四)ユダヤ人の血をひくものとして、作者が自らを認めるにいたった少年時代の記憶がたどられる。なかでも注目したいのは、アメリカに同化し、もはや信仰を失ったオースターの両親が、それでもなお息子をシナゴーグに通わせたのは「疚しさ」(七四)からであったという記述である。

こうした「疚しさ」は、ホロコースト後を生きる人々が、自分は体験していなくとも生存者の証言に共感できるという意見と、理解してはならないという一連の議論に通じる心理であるように思われる。ロバート・イーグルストンは、マリアンヌ・ハーシュのいう「ポスト記憶」――それは個人の記憶でもなく、歴史でもない――を引いて、自らの生誕に先立つ、自分が生き抜いたわけではない先代の記憶を維持することを、生存者の子供たちが自らの責務として感じることが、オースターにもみてとれるという。「ポール・オースターの『孤独の発明』にも、いくぶんこうしたところがある。「記憶の書」のはじまりにあるのは、作家である登場人物〈A、すなわちオースター〉が、アンネ・フランクの家で「音も立てずに、ただ涙が頬を流れ落ちた」体験なのである」(八一)。

他者の苦しみに触れる際、正しい反応の仕方などあるのだろうか。ヴィクトリアは、アンナがサムと再会し、その関係を取り戻すとき、アンナの予想に反して嫉妬することもなく喜ぶ。愛が他者の所有や独占ではないのと同様、人の証言もたやすい理解に回収してしまうことはできないだろう。アンナの証言は祈りと同様、届くかどうかわからない友に向けられ、「私たちが行こうとしているところまで行きついたら、もう一度手紙を書くようにします。約束します。」(一八八)と未来を予感させて途切れる。アンナの手紙を受け取り、それをそのまま伝える語り手は小説内で自分の注釈を入れることはない。コトバが追いつかない内容の証言をする者は、受け手がどのようにとらえるか不明であるという不確実性を抱え、証言を受けとる者も、共感や理解といったコトバではすまされない戸惑いを持つだろう。

人々の証言を聞くサムは、医師の仮面なくしては人々の証言につぶされてしまうという。「他人の物語を聞いている限り、僕はもはや自分自身でいなくていい。自分自身の物語のかたわらに、聞かされた物語を一つずつ並べればいいんだよ」(一六八)。サムの「自分自身でいなくていい」という言い方は消極的かもしれない。だが、自分の解釈を入れることなく、ひとつひとつの物語をただ置くだけというのも証言の聞き方であるだろう。人を理解したと過信することなく、ただ寄り添い、次の相手に託すことはひとつの愛の作法に思われる。

註

（1）オースターの処女散文『孤独の発明』（*The Invention of Solitude* 一九八二）の語り手A（実質上のオースター）は、『千夜一夜物語』のシェラザードの声、語る女の声、生と死を語る声こそが「生を生み出す力」（一五三）を持つと語っている。それを最もよく体現するのがアンナの語りである。なお、『インヴィジブル』（*Invisible* 二〇〇九）のような多くの語り手の声が交差する作品においても、女性の語りが一部含まれている。

（2）『最後の物たち』の次に発表された『ムーン・パレス』（*Moon Palace* 一九八九）の語り手マーコ・フォッグは大学生であるが、彼の同級生ジンマーは遠くに旅立ったアンナ・ブルームという名前の幼馴染の便りを待っている。両作品のアンナが同一人物であるならば、アンナの母国はアメリカになる。また『写字室の中の旅』では、異国に旅立ってから三十五年後のアンナが三年前に亡くした夫の名前がジンマーなのである。

（3）アンナはモノ拾いの仕事中に、「クィン」という男のパスポートを見つけるが、この名前は『ニューヨーク三部作』の第一作『ガラスの街』（*City of Glass* 一九八五）の主人公と同じである。クィンはアンナと同じく、最小限の食べ物で街を歩きまわり、見たことを記述することの難しさに直面する。オースターにあっては、食べものの欠乏は、コトバの欠乏（表現の困難）と重なる。

（4）たとえば、『ムーン・パレス』のマーコも伯父の死を契機に自己存在を問いただし、一時は働くことまでも放棄し飢えるが、最後には死者たちの記憶を語る。

（5）オースターの作品には、ボリスのように本当とも偽物ともつかない話をする実に魅力的な「おやじ」がしばし登場するが、その原型は作者の母方の祖父であると思われる。『孤独の発明』（*Invention* 一一九―一二〇）参照。

（6）「アンナ」という人物は、オースターが自身の最後の作品かもしれないと語り、事実そうなった *Baumgartner*（二〇二三）にも登場する。大学を退職した年老いた語り手が想起するのが、亡くなった妻アンナである。

（7）『内面からの報告書』の中で、オースターは自分の生まれ年一九四七年にあった出来事の筆頭に『アンネの日記』をあげている（*Report* 六三）。『孤独の発明』では、アンネの隠れ家を訪れ、思いがけず涙した瞬間に自らの「記憶の書」が始まったと回顧している。（*Invention* 八二―八三）。

引用・参考文献

Auster, Paul. *In the Country of Last Things*. Faber and Faber, 1987.

——. *Moon Palace*. Penguin, 1987.

——. *Report from the Interior*. Picador, 2013.

——. *The Art of Hunger*. Penguin, 1997.

——. *The Invention of Solitude*. Penguin, 1982.

——. *The New York Trilogy*. Penguin, 1987.

——. *Travels in the Scriptorium*. Faber and Faber, 2006.

——. "'This Might be the Last Thing I Ever Write': Paul Auster on Cancer, Connection and the Fallacy of Closure." Interview by Nicholas Wroe. *The Guardian*, 18 Nov. 2023, https://www.theguardian.com/books/2023/nov/18/paul-auster-on-cancer-connection-and-the-fallacy-of-closure.

Eaglestone, Robert. *The Holocaust and the Postmodern*. Oxford University Press, 2004.

エマニュエル・レヴィナス、フランソワ・ポワリエ『暴力と聖性――レヴィナスは語る』内田樹訳、国文社、一九九一年。

『最後の物たちの国で』の邦訳は、柴田元幸氏の翻訳(白水社、一九九四年)、『内面からの報告書』も同じく柴田氏(新潮社、二〇一七年)を使用させていただいた。オースターの著作から引用した頁数はすべて原著による。

第六章　ニコール・クラウス『ヒストリー・オブ・ラヴ』

——物語を受け継ぐ

三重野佳子

はじめに

スロニム（Slonim）という町がある。現在はベラルーシ共和国に位置する。元々はロシア帝国領であったが、一九三〇年からポーランド領、一九三九年の独ソ不可侵条約後のポーランド侵攻により、ソ連の領土となる。その後一九四一年ドイツのソ連侵攻により条約は事実上破棄され、スロニムは六月二五日にドイツ軍により占領される。

ドイツ支配下の町や村では、アインザッツグルッペン（Einsatzgruppen）により、ユダヤ人は財産を剥奪され、鉄条網で囲まれたゲットーに押し込められ、多くが虐殺された。スロニムもその例外ではない。『ホロコースト百科事典』（*Encyclopedia of the Holocaust*）によれば、当時スロニムには、ドイツに占領された旧ポーランド西部から逃れてきたユダヤ人も多く、およそ二万二千人のユダヤ人がいたという。七月には千二百五十五人のユダヤ人が、十一月には一万一千人以上が殺害された。十二月には町の一部を鉄条網で仕切ったゲットーが作られ、近隣の村々からもユダヤ人たちがゲットーに集められた。三度目の虐殺は、一九四二年六月に始まり、七月まで続いた。およそ一万人のユダヤ人が死に追いやられ、残るスロニムのユダヤ人もその年のうちに全員が殺された。スロニムのユダヤ人のうち、森へ逃れられた者は少なくとも四百名だったという。

ニコール・クラウス(Nicole Krauss 一九七四―)の『ヒストリー・オブ・ラヴ』(*The History of Love* 二〇〇五)の登場人物たちは、このスロニムの町の出身である。クラウスの父方の祖母もまたこのスロニムから来ている。クラウスは、十三歳の時、授業の中で『百年の孤独』を読み、教師の教えてくれた「ノスタルジア」という言葉に「私が感じていることにぴったりの言葉」だと考えたという。

それは、私の祖父母が、私たちが二度と戻ることができない場所から来ているという事実と何らかの――というよりおおいに関係していることなのだと思ったのです。その場所は失われてしまったからです。人々も失われました。私の曾祖父母や、たくさんの大伯父や大伯母がホロコーストで亡くなっています。よくわからないけれど、たぶん血の中に受け継がれている何か、そのものの喪失感やそれに対する思慕でしょうか。」(Wood)

クラウスの失われた場所への追慕は、ホロコーストで喪われた場所から逃れた者たちの故郷への追憶の描写を生み出す。その追憶は、私たちが普段の生活の中で、ふとした瞬間に過去の経験を反芻するのと同じように、回想という形で切れ切れに立ち現れる。ホロコーストの経験も、登場人物のフラッシュバックのように、回想という形で、何度か語られることで、読者は少しずつその経験のぼんやりとした全体像を感じ取る。主人公の一人、レオポルド・グルスキ(以降はレオに省略。Leopold Gursky)の最初に出てくるホロコーストの記憶は次のように語られる。

彼女が去ったあと、すべてが崩壊した。ユダヤ人はだれも安全ではなくなった。理解しがたいことについて噂が流れたが、理解しがたいゆえに信じられなかった。やがて信じるしかなくなったときには手遅れだった。おれはミンスクで働いていたが、失業してスロニムに帰った。ドイツ軍は東に進んできた。どんどん近づいてきた。戦車が近づいてくるのが聞こえた朝、母はおれに森にかくれろと言った。おれはまだ十三だった末の弟を連れていきたかったが、母は弟は自分が連れていくと言った。なぜ母の言うことを聞いてしまったのだろう。そのほうが楽だったからだろうか。おれは森に向かって走り出た。地面にじっと伏せた。遠くで犬が吠えていた。何時間も過ぎた。そして、銃声が聞こえた。あまりにも多くの銃声が。(八)

次に心に浮かぶ情景を読者が目にする時、そこには新たな情報が付け加えられる。

三年後に母さんを亡くした。最後に見た時、母さんは黄色いエプロンをつけていた。スーツケースに物を詰め込んでいて、家のなかはめちゃくちゃな状態だった。母さんはおれに森のなかへ行けと言った。おれに食べ物を詰めてくれた。そしてコートを着ていくように言った。まだ七月だったのに。「行きなさい。」と母さんは言った。素直に言うことをきく歳でもなかったのに、子供のようにきいた。次の日に後を追うからとおれに言った。森のなかのお互いに知っている場所を二人で選んだ。父さん、あんたが好きだった大きな胡桃の木のところだよ。あの樹は人間みたいだってあんたが言ってたからね。別れの言葉を言うこともなかった。安易な方を信じることを選んだ。おれは待った。だがしかし。母さんは来なかった。その時以来ずっと、理解するのがあまりに遅かったことに罪の意識を感じながら生きてきた。母さんは自分がおれにとって重荷になると考えていたんだということを。（一六八）

登場人物の回想の中で、私たち読者はホロコーストで滅びた共同体の記憶を辿り、わずかながら、生き延びた人物のトラウマを窺うことができる。だが、あくまでもぼんやりと、である。過去の出来事をそのありのまま再現し引き継ぐことは不可能だからだ。知ることができるのはその言葉にできる部分だけでしかない。それは、読者に限らず、第三世代の作家たちにとっても同じことが言え

ることを、コッドは指摘する

第三世代以降のユダヤ人たちは記録(文書や映像)やその他の残っている遺物を目撃することができるだけだ。実際の目撃者である生き残りの人たちが急速に姿を消しつつあるのだから。結果として第三世代は、少し前のノーマ・ローゼンの言葉で言えば、ますます「想像力を通じた目撃証人」になりつつある。(Codde)

『ヒストリー・オブ・ラヴ』の献辞には、クラウスの祖父母のパスポート写真が並べられ、「消えることとの正反対を教えてくれた祖父母へ」とある。この中のスロニム出身の祖母の姓は登場人物と同じメレミンスキ(Mereminski)であった。また、同じ祖母のファーストネーム、サーシャ(Sasha)も登場人物の祖母の名として登場する。スロニムを、登場人物たちの過去の情景の舞台に据え、祖母の名を使ったことに象徴されるように、一つには、この物語はホロコーストによって消え去ったヨーロッパの町や村に生きた人々やその人生の痕跡を想像力のなかに留めようとする試みでもあろう。

だが一方で、第三世代の作家であるクラウスは、作品の中にホロコーストを生き延びたり影響を受けたりした人物が出てきたとしても、それは実際のできごととしてのホロコーストを書いているのではなく、「壊滅的な喪失への対処」(Griitz)に関心があるのだと言う。別のインタビューでも、

「私の考えでは、消えることの反対は生き残ることです。この本は生き延びること、生き延びることに必要な強さ、生き延びた人々の喜びで貫かれているのです。」(Mudge)と述べている。生き延びるとは、ただ生きているというだけではなく、その苛烈な経験を心の中で収め、新たな生き方を模索することを意味する。この物語の中で、登場人物たちはどのようにして生き延びているだろうか。本稿では、主人公たちの生き延びる術について検証してみたい。

1　登場人物はみな『愛の歴史』と関わっている

『ヒストリー・オブ・ラヴ』では、一見何のつながりもないように見える登場人物たちが、*The History of Love* という、この作品と同じタイトルの小説内の物語(ここでは作品と区別するために『愛の歴史』と呼ぶことにしよう)を介して一つの物語を織りなしていく。

主人公の一人、レオ・グルスキは、ニューヨークの狭いアパートで独り暮らしをしている。ドイツ侵攻により、生まれ故郷の町を追われ、錠前屋としてその後長年を過ごしてきたレオが、『愛の歴史』の原作者である。『愛の歴史』は、レオの若き時代の恋人アルマ・メレミンスキ(Alma Mereminski)のために書かれたものだ。

いっぽう、夫を膵臓癌で亡くした翻訳家の母シャーロット(Charlotte)を立ち直らせようと試みる少女アルマ・シンガー(Alma Singer)がもう一人の主人公である。二人の主要登場人物を結び付けることになるのが、レオが書いた小説『愛の歴史』である。
『愛の歴史』と少女アルマをつなぐためには、レオの友人ツヴィ・リトヴィノフ(Zvi Litvinoff)の存在が欠かせない。ドイツ軍が迫る中、レオはチリへと発つ友人リトヴィノフに『愛の歴史』の原稿を託す。原稿を預かっていたリトヴィノフは、レオはすでに死んでいるものと思っていたため、妻ローサ(Rosa)の強い勧めに負け、レオのイディッシュ語の原稿をスペイン語に翻訳したうえで自分の名で出版する。リトヴィノフが出版した『愛の歴史』は、一時期世に名を知られたものの、わずかな部数が残っているのみである。

リトヴィノフには知る由もなかったが、『愛の歴史』の初版(リトヴィノフの死後、関心が再燃し、ローサのまえがきとともに一時期再版もされた)のなかで、少なくとも一冊は、一人の人生――いやそれ以上の人々の人生を変える定めを持っていた。この一冊というのは、印刷された二千冊のうちの最後の方の一冊だった。(七二)

少女アルマの父デイヴィッド(David)が、放浪の旅の途中、アルゼンチンの古書店でこの一冊を購入する。父は母シャーロットにこの本を贈り、二人の間に生まれた娘に、この本の登場人物の名であるアルマという名を与えるのである。さらにこの本は、物語のクライマックスとなる少女アルマとレオの邂逅を導く重要な役割を果たす。

ある日、アルマの母シャーロットの元に、ジェイコブ・マーカス(Jacob Marcus)という人物から手紙が届く。シャーロットが、翻訳した本の序文に、「一九四一年にポーランドからチリに逃れたツヴィ・リトヴィノフというほとんど無名の作家」(五六)の唯一の作品が、スペイン語で書かれた『愛の歴史』という本だと触れていたのを読み、その本を十万ドルで翻訳してくれないかという依頼であった。昔だれかが『愛の歴史』という本の数ページを読んでくれたことがあり、それが忘れられないのだという理由が添えられていた。

母シャーロットの悲しみを癒すために、母の新しいパートナー探しをしていたアルマは、このマーカスなる人物が母の新しい夫にふさわしいかもしれないと思い、母が完成した翻訳を送付する際に、母の素っ気ない添え書きの代わりに自分で書いた手紙を入れて送る。一度はマーカスから返事が届き、アルマはこの不思議な人物がどうして『愛の歴史』に興味を持つのか考え始める。

『ヒストリー・オブ・ラヴ』は、一章ごとに中心となる人物が入れ替わる。最初の章である「地上での最後のことば」はレオ、二番目の章である「母の悲しみ」は少女アルマ、三番目の章「許してくれ」はツヴィと、三人の物語場面が順に繰り返され、その後、アルマの弟、バード(Bird)の介入を語る章を挟んで、最後はレオとアルマの邂逅の場面の最終章へと続く。

それぞれの登場人物ごとに分かれる章が示すのは、一つには彼らの離散であろう。ホロコーストを逃れて、レオはニューヨーク、リトヴィノフはチリで人生を送ることになる。レオはリトヴィノフに手紙を送るが、リトヴィノフの妻ローサは、その手紙を読んで『愛の歴史』の本当の作者が誰かを知る。ローサは夫には手紙を見せずに、預かっていた原稿は水浸しになって失われ、夫も体調を崩して返事ができないという手紙をレオに送る。同じスロニム、ミンスクという場所にいた二人が、ホロコーストのために遠く離れた場所に住み、便りも途絶えてしまう。独立した章は彼らの孤立、孤独を表しているとも言えよう。

一方、アルマ・シンガーと弟のバードは、レオのことはもちろん知るはずもなく、独立した章は別の場所、別の世代を生きていることを示してもいるが、父を失ったうえに、母シャーロットもまた夫を失ったショックから立ち直れずにいるという、ある意味両親が不在の状態に置かれた姉弟の孤立と孤独も表現している。

登場人物たちがそれぞれ孤独を生きている独立した章を経て、やがて最後にアルマとレオという二人の主要人物が同じ章に登場するまでの過程においては、二人の行動と心の中の変化が描かれる。レオのホロコーストによる喪失、少女アルマの父の死による喪失に対して、『愛の歴史』がどのようにかかわり、彼らが、直面する喪失にどのように対処するのかを追ってみよう。

2　アルマの「愛の歴史」はどこにあるのか

少女アルマが自分のことを語り始める時、彼女はもうすぐ十五歳という年頃である。十一歳の時にペンパルとして知り合ったミーシャというロシアからやって来た男の子と仲良くなるが、ちょっとした行き違いで彼からの連絡が来なくなってから、自分が恋をしているのはミーシャなのだと気づくような、思春期の真ん中にいる。そんなアルマにとって「愛」というのは切実な問題ではある。父親を膵臓癌で亡くし、母が何年たっても父に対して出会ったころと同じような愛を抱き続け、「そうするために人生を遠ざけて」(四五)生活をしている中、アルマは自分自身の人生を生き延びる必要に迫られている。八歳の時に、母親は「これからはあなたを大人として扱いますよ」(四三)とアルマに言う。アルマは、「父みたいに、自然の中で生き延びる方法を身に付けることに決めた。もしも母になにかあって、バードと私が残されて自分たちでやって行かなきゃならない場合に備えて、そういうことを知っておいた方がいい。」(四二)と語り、『北米の食用植物と花』という本を買い、他のサバイバルのための道具とともにナップザックに入れている。また、「自然の中で生き延びるには」(四五)というタイトルでノートをつけ始める。

アルマは、『愛の歴史』の翻訳を依頼してきたジェイコブ・マーカスがもしかすると母にふさわしい相手かもしれないと考える。アルマのノートには、サバイバルのさまざまな情報が記されているのだが、マーカスからの手紙の返事を読んでから、このノートには、マーカスに関する手がかりのリストが記されることになる。アルマの疑問は、マーカスにとって、なぜ『愛の歴史』がそんなに重要なのかである。

さらに手がかりを探すために、アルマは母が翻訳している『愛の歴史』を十章まで読む。アルマの父は母と出会ってたった二週間後に『愛の歴史』を贈ったという。本には、「私のアルマ、シャーロットへ。私に書くことができたなら、きみのためにこの本を書いただろう。愛をこめて、デイヴィッド」(一〇八)と書かれていた。ただの物語としての見方をすれば、シャーロットが言うであろうように、本に出てくるアルマとは「みんなのことで、かつて誰かが愛したあらゆる少女であり、女性」(一〇八)と解釈できる。だが、思春期で、恋を知ろうとしているアルマはそうは考えなかった。これほどまで愛についてたくさんの文章を書いているからには、きっと『愛の歴史』のアルマは、特定の誰かにちがいないと確信するのである。母からアルマの姓がメレミンスキであることを聞いたアルマは、アルマ・メレミンスキを探し始める。

アルマ・メレミンスキの探求には、アルマにとって、ジェイコブ・マーカスの謎を解き明かすこと以外に、いくつかの意味がある。一つは『愛の歴史』は父が母に贈ったものだから、父のことを知る手がかりだということ。もう一つは、愛を知りつつある年代の彼女にとって、愛とは何かを知る手がかりだということ。さらにもう一つは、アルマという名前が『愛の歴史』に因んでいるゆえに、アルマとは何か、言い換えれば、自分とは何なのかを知る手がかりだということだ。

私は母をもう一度幸せにしてくれる人を探しはじめたのだけれど、いまでは、他のことも探していた。私の名前がその人に因んで名づけられた女性のこと。そして私自身のことも。(一四一)

本のアルマが実在の人物だと信じるアルマは、市の書記局で、彼女の結婚証明書を調べてもらい、一九四〇年にモーデカイ・モーリッツ(Mordecai Moritz)と結婚して姓がモーリッツに変わっていることを突き止める。さらに電話番号問い合わせでわかったマンハッタンのアパートに行き、彼女が五年前に亡くなっていること、息子が有名な作家のアイザック・モーリッツ(Isaac Moritz)であることを知る。そして、ジェイコブ・マーカスはアイザック・モーリッツの書いた小説の登場人物であることを発見し、実際に手紙を書いたのはアイザックであることにたどり着く。

そんなある日、アルマの元に手紙が届く。その手紙は次のようなものだ。

親愛なるアルマ、土曜日の四時に、セントラル・パーク動物園の入り口前のベンチで会ってください。私がだれかはわかっていると思います。敬具、レオポルド・グルスキ

アイザック・モーリッツまでたどり着いたアルマだが、レオのことはまだ知らない。この謎の手紙に対してアルマは、「ミーシャから来たのかもしれない」(二一三)と期待してみる。

実はその手紙は、弟のバードが勘違いのお節介で書いたものだったのだが、実際に公園のベンチに行き、最後に彼女を待っていたのは、ほんもののレオ・グルスキだった。彼女はそこで初めて、『愛の歴史』にまつわる思いもかけなかった本当の物語を知ることになる。レオが、十歳の時にアルマ・メレミンスキという少女に恋したこと。アルマはアメリカに発ってしまい、「俺の存在を知

らない息子」(二五〇)、アイザックが生まれたこと。ブルーノという人物が一九四一年の七月のある日に死んだこと。そして、『愛の歴史』がレオによって書かれたということ。

アルマが知ったのは、『愛の歴史』そのものの物語であり、同時に、その『愛の歴史』がアルマ自身や家族も含めた周囲を巻き込んだ大きな物語でもある。それはまた、ユダヤ人の物語であるとも言える。母が、次々と支配する国家が変わって行った二つの大戦にまたがる時代の祖父母や曾祖父母のいた場所を考えれば、アルマは「四分の一ロシア人で、四分の一ハンガリー人で、四分の一ポーランド人で、四分の一ドイツ人」など、十六種類の言い方ができる、と図を書いて話した時に、アルマは、「私はアメリカ人よ!」(九七)と叫んでいる。

第三世代のユダヤ人の子供たちがどれくらい歴史意識を持っているのかというのは、物語の中にも時折垣間見える。たとえば、ロシアからやって来たユダヤ人であるミーシャは、アルマがヤド・ヴァシェム(エルサレムにある世界ホロコースト追悼センター)の話をしても知らないし、バードは、母のいとこが夫はレジスタンスで戦ったのだと言うと、幼いせいもあるが、だれに抵抗したのかと尋ねるくらいの知識しか持たない。そのような子どもたちに、大人は『ユダヤ人の歴史』全十八巻や、『ヨーロッパのユダヤ人の絶滅』の箱入りセットを贈ったりするのである。アルマもまたそのような第三世代の一人であろう。

探索の過程で、アルマ・メレミンスキがすでに故人であることを聞かされたアルマは、次のように語る。

こうして私は自分の名前の由来になった人たちがみんな死んでいることを知った。アルマ・メレミンスキ、父のデイヴィッド・シンガー、ワルシャワのゲットーで死んだ大叔母のドーラ。私のヘブライ名のデヴォラはこの大叔母から来ている。どうして死んだ人にちなんだ名前をつけるのだろう。何かにちなんだ名前をつけなければならないのなら、なぜもっと永続性のある物にちなんだ名前をつけないのだろう」(一七六)

レオポルド・グルスキと署名された手紙を受け取った際に、アルマは、ミーシャの他にも、「公文書館で働いている眼鏡をかけた男の人」(二二五)や、「市の書記局で働いている年取ったユダヤ人」(二二七)、アイザックのアパートのドアマン、アイザック・モーリッツ本人を手紙の送り主の候補として思いうかべている。ここにたどり着くまでに、アルマは多くの人から話を聞き、さがしている人たちが亡くなっている話や、ヨーロッパから逃れてきたユダヤ人の話を聞いたり、アイザックの死を母から聞いたりした。アルマは、「いろんなことで人生は変わってしまう可能性がある。私が手紙を受け取ってからそれを出した人に会いにいくまでの二、三日の間に、どんなことでも起こりうる」(二三三)と考えるようになっている。つまり、永続性のある物はそんなにはない、ということにアルマは気づくのである。

アルマの疑問への答えは、レオの言葉のなかにあるかもしれない。レオは、ブルーノに言及し、

「ブルーノってだれなの？」というアルマの問いに「まさに目に見えないものだよ。」と返す。アルマには何のことだかわからず混乱するが、さらに問うと、「彼はおれにはいなかった友だちだ」「おれが書いた中で最高の登場人物だった」(二四九)と答える。「目に見えないもの」とは、物語のことなのだ。その後に、現実のブルーノは一九四一年の七月のある日に死んだのだということが明かされる。なぜ死んだ人に因んだ名前ばかりなのか。アシュケナジーユダヤ人の伝統では死者の親戚からの名を子供に付けるのだが、それは、目に見えない物語が受け継がれていくからに他ならない。アルマは、自分が大きな物語の一部であり、それを受け継ぐ一人であることを自覚するのだと言えよう。

3　レオの再生

レオ・グルスキは、冒頭に引用したように、スロニムのホロコースト・の生存者である。彼の恋人であったアルマ・メレミンスキは、ドイツ軍が攻めてくる前にアメリカに渡り、そこでレオの息子を出産、手を差し伸べてくれた勤め先のドレス工場の経営者の息子と結婚する。三年半の間、森に身を隠し、戦争が終わってアメリカに渡り、アルマ・メレミンスキを訪ねてレオはこうした事実を知る。一緒に来てくれというレオの呼びかけにアルマは首を横に振る。レオは毎朝少しずつ書き続けている原稿にこう記している。「それまでの生涯でいちばんむずかしいことをやった。帽子を手に取って、歩いて出て行ったのだ。」(一三)レオはニューヨークで孤独に生きてきた。息子を遠くから見守りながら。

ある日、スターバックスで幸福感に満ちてコーヒーを飲んでいる時、向かいに座った男が読んでいる新聞で、レオは息子である作家、アイザック・モーリッツの死を知る。その晩、彼は悪夢を見る。彼は言う。

俺は言いたい。俺の愛した少女と俺がともに年を取った夢を見たと。あるいは、黄色い扉と広い野原の夢を見たと。おれは言いたい。おれが死んでしまって、おれの本がおれのガラクタの中に見つかって、おれの人生が終わった何年かあとにおれが有名になった夢を見たと。だがしかし。(八〇)

彼の言葉に見えるのは、ホロコーストゆえにズタズタにされたあるべき人生であると同時に、彼の生への希求である。心臓発作を経験し、心臓の筋肉の二十五パーセントを失ったレオは、「おれの死亡記事が出る時。明日か。あるいはその次の日か。」(三)と常に死を意識している。昔は「人目につかなくなってしまった男」(十二)は、今では「必ず人に見られるように」(三)している。店で小銭をばら撒いてみたり、買う気のないスニーカーを試し履きしてみたり、デッサン教室のヌードモデルに応募してみたりするのは、人から見つめられるということが彼にとって必要だからだ。それはおそらく、「人に見られないままの日に死にたくはない」(四)という孤独死への恐怖でもあるが、一方で、彼の生きることへの執着でもあろう。彼は過去の自分について次のように語る。

どこかでこう言いたい。おれは許したいと努力してきたのだと。だがしかし。これまでの人生の、まるまるの年月のなかで、怒りに負けていた時があった。怒りにまかせておれの中身をむき出しにした(中略)おれは世界に向かってしかめ面をした。すると世界もおれに顔をしかめた。互いに嫌悪をもって見つめ合う状態から抜け出せないでいた。おれは人の眼前でドアがバタンと閉まるのも放っておいたし、したいところで放屁した。手の中に一セント貨を握りしめながら、レジ係が一セントをごまかしたと責め立てた。そしてある日、自分が鳩に毒を盛るような最低の人間になろうとしていることに気づいた。人々はおれを避けて通りの向こう側に行った。おれは癌のような人間だった。(十八)

ホロコースト経験者は、そのトラウマで、鬱を抱えたり、気難しく変わった性質になったり、悪夢にうなされたり、罪悪感を抱えたりするというが、レオもこうしたトラウマに苦しむゆえに、奇異な行動をとっていたと考えられるだろう。

レオが生まれ故郷で森に逃れ、銃声を聞いた後、ふたたび立ち上がった時、「人生のいちばん小さな断片にでも言葉を見つけられると考えていた、おれのたった一つの部分を剝ぎ落してしまっていた。」(八)彼はホロコーストで言葉にできないものを経験し、言葉を失った。そして、アメリカに移住することで、さらに母語も失う。

彼に言葉が戻ってくるのは、自分が「癌のような人間」であることに気づき、「今からでも遅くはない」(十八)と考え、練習の末、笑顔を作ることができるようになってからである。その何ヶ月か後に彼はブルーノを見つける。ブルーノはレオの言葉の再発見であり、ブルーノこそ、レオが人生を取り戻したことの証でもある。ただ、レオの想像上のキャラクターであるブルーノとの会話の中でも、最初は「子供時代のことや、自分たちがともに描いていて失ってしまった夢のことや、あらゆる起こったことや起こらなかったこと」(七)について決して話さないし、母語であるイディッシュ語も決して話さない。だが、彼は再び書き始める。それは、「むかし一人の少年がいた。」(十一)という一文から始まる自分の物語である。彼は毎日書き続け、やがてそれは三百と一ページの『すべてを言葉に』という作品になる。彼はそれを自分の息子であるアイザック・モーリッツに郵送するのである。

レオはアイザックの死を知った時はじめて「自分がどれだけ息子のために生きてきたか」(八十)に気づく。「朝起きるのも、それは彼がいたからこそだし、食べ物を注文するのも、彼がいたからだし、本を書くのも、彼がいて読んでくれるからだった。」(八十)彼の息子への愛こそが、彼を生かし、彼に言葉をよみがえらせた。アイザックの葬儀に駆け付けたレオは、窮地を切り抜けるのにイディッシュ語を使うことで、親族の集まりに参加することになる。

他にも、レオの再生を物語るエピソードがある。彼に錠前屋の仕事を教えてくれたまたいとこがピンボール・カメラでレオの写真を撮ったことがある。だが、三度撮っても、印画紙にレオの姿は現れなかった。その理由をレオは、「ほかの人が片足や片腕を失うことがあるように、人を消せないものにしている何かを失っていたのだ。」(八一)という。その証拠に、レオがまたいとこを撮ると彼の姿は印画紙に残った。それから、小銭が余るとレオは証明写真のボックスに行き、自分の写真を撮る。最初は同じように何も写らなかったが、やがて影が写り、顔が写った。「それは消えることの正反対だった。」(八二)と、クラウスは、献辞に記されたのと同じ言葉をここで使っている。

ある日、レオの元に、二十歳のころに書いた『愛の歴史』が英語になり印刷された形で届く。レオの知る限り、その原稿は水浸しになって失われていたはずだった。それなのに、英語で、人名や地名はスペイン語になっている。「もしや知らないうちにおれは有名になっているのではないか」(一一三)という彼の考えはイディッシュ語で浮かんでくる。

図書館で「レオポルド・グルスキ」という名の作家の本を探したが、期待した結果を得られなかったレオは、「猛烈な孤独感」(一一八)に襲われ、昔から感じている、普通の人々のように幸せになりたいという羨望を感じる。レオは、かつてカーネギー・ホールの裏口の錠を開けて中に入り込むことに成功し、「世界のドアは、閉ざされていても、自分には本当には閉ざされているわけではない」(一三二)という考えに、慰めを得たことを思い出す。レオは、だからこそ、またいとこはおれに錠前屋の仕事を教えたのであり、「おれが永遠に目につかないままでいることはできない」

（一三二）と知っていたのだと考えている。この場面で彼は、ドアというドアが次々と開いていくのを感じている。家に戻った彼に、ブルーノが本の話を始めるのだが、何かが違うとレオが感じたのは、彼の話す言葉がイディッシュ語になっているからであった。このように、レオは言葉を、人生を取り戻していく。

レオは、三百と一ページの原稿を探すべく、息子の家に忍び込むが、原稿は見つからなかった。だが、彼の原稿はやがて息子アイザックの遺稿として雑誌に載る。そこから、レオは、アイザックが生前に自分の原稿を読んだであろうこと、アイザックが、本当の父親がレオだということを知っていたであろうこと、「互いの存在を知りながら、アイザックとおれが生きた短い時間があったのだ」（二一二）という可能性に気づく。

レオが書いた『愛の歴史』は、リトヴィノフの本を通して、アルマの両親、アイザック、少女アルマへと繋がった。そしてレオの息子への愛は、レオの言葉、レオの物語を紡ぎ、その物語は息子へ、そして世界へと繋がるのである。

4　物語を受け継ぐ

作者ニコール・クラウスはインタビューの中で、「刷られた数が二千冊に届かない本や、誰も読まない本があって、それでも最終的にその一冊がすべての人生を結び付けて変えていくという考えは私にとって感動的でした。私が書くのは、人々に届きたいからですし、本を通じてしか起こりえない読者とのある種の会話を持ちたいからです。存在するなかでもっとも美しい会話の一つだと思います。」(Gritz)と語っている。

『ヒストリー・オブ・ラヴ』は、登場人物たちの間で物語が受け継がれていく物語である。アルマが書いているノートは生き延びるためのものでもあるし、父の記憶、母の記憶をとどめるもの、言い換えれば、過去の記憶を、物語を受け継ぎ、とどめるものである。同じように、レオの書いた二つの物語もまた、過去の記憶を受け継ぎ伝えるものである。

小説の中で、レオとアルマの章は本人の一人称の語りとなっているが、すでに鬼籍に入っているツヴィの章は、三人称の全知視点で語られ、ツヴィの内面、ツヴィの知らなかったことまで語られる。リトヴィノフの章は、『愛の歴史』という本についての物語になっているともいえよう。

小説の最後の章は、「A＋L」というタイトルがつけられ、少女アルマとレオの交互の語りが続き、最後に二人が出会う場面で初めて同じページに二人が登場する。「A＋L」というのは、アルマ・メレミンスキとレオ・グルスキの頭文字で、二人がキスした時、レオが樹の幹に彫り込んでいた文字だが、最終章ではそのAはアルマ・シンガーに入れ替わる。それは過去の物語を少女アルマが引き継いだことを意味するのではないだろうか。

註

本稿の小説からの引用では、村松潔訳の『ヒストリー・オブ・ラヴ』を一部参考にしながら、筆者が訳したものを使用した。

引用参考文献

Berger, Alan L., Milbauer, Asher Z. "The Burden of Inheritance," *Shofar*, vol.31, no.3 (Spring 2013), pp. 64-85.

Codde, Philippe. "Keeping History at Bay: Absent Presences in three Recent Jewish American Novels," *Modern fiction Studies*, vol. 57, No.4 (winter 2011), pp. 673-693.

Gritz, Jennie Rothenberg. "Nicole Krauss on Fame, Loss, and Writing about Holocaust Survivors," *The Atlantic*, Oct 21, 2010.

Gutman, Israel. *Encyclopedia of the Holocaust*. New York: Macmillan, 1990.

Krauss, Nicole. *The History of Love*. New York: W. W. Norton & Co., 2005.

Marsh, Ann. "The Emergence of Nicole Krauss," *Stanford Magazine*, September / October 2005, accessed January 13, 2024, http://stanfordmag.org/contents/the-emergence-of-nicole-krauss.

Mudge, Alden. "The Strength to Survive," *Bookpage*, May 2005, accessed January 10, 2024, https://bookpage.com/interviews/8300-nicole-krauss-fiction.

Wood, Gaby. "Have a Heart," *The Guardian*, May 15, 2005.

邦訳

ニコール・クラウス『ヒストリー・オブ・ラヴ』村松潔訳、新潮社、二〇〇六年。

第七章　見えない記憶に橋を架けて

――ジュリー・オリンジャーの『見えない橋』における「建築」への希求と家族愛

秋田万里子

1　はじめに

アメリカ南部で生まれ育ったジュリー・オリンジャー(Julie Orringer 一九七三〜)は、二〇〇三年に短編集『溺れる人魚たち』(*How to Breathe Underwater*)で文壇デビューすると、たちまち新鋭の作家として脚光を浴びる。『溺れる人魚たち』は、多感な少女たちが成長過程で経験する心の痛みを主題としており、多くの主要登場人物がユダヤ系であることに物語の背景以上の意味を持たせていない。一方、二〇一〇年に発表された初の長編小説『見えない橋』(*The Invisible Bridge*)では、第二次世界大戦中のハンガリーとフランスを生き延びた自身の祖父の経験を基に、約六〇〇頁に及ぶホロコースト小説に挑戦している。

オリンジャーは幼少期、祖父母からホロコーストの話を断片的にしか聞かされずに育った。成長した後のある日、オリンジャーはパリ旅行を計画していることを祖父に伝えた。そのとき初めて祖父から、かつて建築家を志していたこと、二年間パリに留学していたことを告げられたという("The Storyteller and the Man With a Story"、以下"Storyteller")。

『見えない橋』は、激動の時代を生き抜いたハンガリーのユダヤ人青年アンドラーシュ・レヴィ(Andras Lévi)の愛と苦難と成長の物語である。一九三七年、建築家を目指すアンドラーシュは、名門のパリ建築大学に留学するが、次第にフランスにも反ユダヤ主義の波が押し寄せ、奨学金の支給が打ち切られた後、帰国を余儀なくされる。ハンガリーに戻った彼は家庭を築くが、従軍のユダヤ人強制労働奉仕隊として召集され、死と隣り合わせの前線に送られる。作中で描かれるこれらアンドラーシュの半生は、作者の祖父の経験と酷似している。

主人公アンドラーシュを始め、オリンジャーの親族をモデルとした登場人物たちは実名で登場し、その経歴にも共通点が見られる。また、本作は祖父母から伝え聞いた話に加え、作者自身による緻密な歴史検証や現地調査に基づいて執筆されている。その一方でオリンジャーは、実在の人物や史実を題材に使いながらも、小説家として想像力の赴くままに自由に創作したことを認め、主人公たちの人物像や運命が、モデルとなった人物と必ずしも同じではないと繰り返し言及している(Neuberger; Rom-Rymer)。たとえば主人公アンドラーシュの妻クララ(Klara)は、職業、生い立ち、夫との年齢差、居住歴のある国など、ほぼすべての点で作者の祖母と共通点がない。そのため、本作を伝記や歴史書とみなしてその事実への忠実さを追求するより、あくまでフィクションとして、ホロコーストを生き延びる登場人物たちの運命を追体験するのが妥当な読み方であろう。

本作では、主人公が建築家の卵であることから、「建築」に関する言及が散見される。しかしこれらの描写には、単に物理的な建築――建物の設計や建設――の意味だけでなく、登場人物の心情や生きる姿勢、彼らを取り巻く環境を描出する象徴的な役割があると仮定する。本章では、『見えない橋』における「建築」の描写に着目し、時代に翻弄されながらも、家族愛を支えに生き抜こうと奮闘する一人のユダヤ人青年の人生を紐解いていく。また、ホロコースト第三世代(生存者の孫世代)作家としての、オリンジャーの創作に対する姿勢についても明らかにしたい。

2　ビルドゥングスロマンからホロコースト小説へ――建築家が見た世界の崩壊

一九三七年九月、アンドラーシュがパリに出発する前夜から物語が始まる。アンドラーシュの育った家庭は、田舎町で慎ましく暮らす両親、医師を志す兄ティーボー(Tibor)、自由奔放な弟マーターシュ(Mátyás)の五人から成り、その中でもアンドラーシュとティーボーの兄弟仲の良さは冒頭から強調されている。アンドラーシュの門出を祝い、出発前夜には一緒にオペラを鑑賞し、出発当日に駅まで見送りに来たのもティーボーであった。兄弟は物語の終盤、二人に永遠の別れが訪れるまで、互いを支え合い切磋琢磨する。

オリンジャーは本作の執筆に関して、「一九世紀(風)小説を書きたかった。ビルドゥングスロマン(主人公の人間的成長の過程を描く小説)的な変容を遂げる人物を追う、とりとめなく広がる超大作を」(Rom-Rymer)と述べている。確かに本作の前半では、新天地への旅立ちから始まり、恋愛、友情、ライバルとの対立、学業における栄光と挫折などを経験し、アンドラーシュが一人の大人として成長していく様子が描かれる。

一方で、冒頭からおぼろげに見え隠れしていた反ユダヤ主義の不穏な空気が、物語が展開するにつれて次第に前景化していく。そして物語の主眼も、主人公の成長からヨーロッパのユダヤ人の運命へと移行していく。

一九三八年十一月九日夜から十日未明にかけて、ポーランド系ユダヤ人少年によるドイツ大使館職員暗殺事件の報復として、ドイツ各地で、ユダヤ人の住宅やシナゴーグが襲撃・放火される、所謂「水晶の夜」が起きる。パリでそのニュースを知ったアンドラーシュは、新聞の写真の中の、迫害されるドイツのユダヤ人たちの姿、そして暴動によって打ち壊された建物に衝撃を受ける。

彼は建築家なら見るだろうものを、その時通りに立っていた男女や少年には見えなかっただろうものを見た。主要な支柱はすでに燃え尽きており、もう一瞬もすれば、その建築物はへたな組み立て方をされた模型のように崩れ落ち、梁は粉々に砕けて灰に帰してしまうだろう。(二三七)

アンドラーシュは建築家の視点で、打ち壊されて粉砕寸前の建築物に、この世界が崩壊する未来を見出してしまう。そして彼が予感したように、実際に水晶の夜が転換点となり、これ以降ナチスによるユダヤ人迫害が加速化し、大量虐殺へと突き進んでゆく。こうして輝かしい未来を夢見た青年の成長譚は、次第に暴力と死によって浸食されていくのである。

3　神が放棄した世界を引き受ける「建築家」

フランスの反ユダヤ主義政策により、ユダヤ人留学生への奨学金の支給が打ち切られ、学業が継続できなくなったアンドラーシュは、一九三九年、ビザ再発行の目的もあり、パリで恋に落ちたユダヤ人女性クララ・ハース(Klara Hász)とともに一時的にハンガリーに帰国する。そこで彼女と結婚し、後にトマーシュ(Tamás)とアープリリッシュ(Április)という二児に恵まれる。しかしビザが再発行されず、フランスに戻れなくなった彼は、一九四〇年、「ハンガリー労働奉仕隊」(Munkaszolgálat)に招集される。第二次世界大戦中、ドイツと同盟国であったハンガリー政権は、ユダヤ人の成人男性を「政治的に信用できない」として、ハンガリー軍への従軍から排除した。そして兵役の代替として、ユダヤ人男性に、鉱山の採掘作業や、正規軍が前進するための危険地帯の舗装など、過酷な強制労働を課した。アンドラーシュは終戦までの間、幾度も招集されるが、そのたびに労働環境は悪化の一途を辿る。

過重労働や不衛生な環境、精神的苦痛により、負傷者、病人、自殺者が続出する中、アンドラーシュはエリ・ヴィーゼル(Elie Wiesel 一九二八～二〇一六)の自伝的小説『夜』(*Night* 一九六〇)における強制収容所の囚人のように、沈黙を保つ神に不信感を抱くようになる。そして、建築家の視点で、世界と神と人間の関係性を見出す。

> 彼は神の存在を信じていた……しかし、神は人々が今まさに必要としているようなやり方で介入してくれる存在ではなかった。神は宇宙を設計し、その扉を人間に開け放った。人間はその中に入り生活を始めた。しかし神は生活の中に踏み込んで再びそれを整理することはできなかった。建築家が建物の住人の生活を整理し直すことができないのと同じように。世界は今や人間の場所であった。人間は世界を自分たちのやり方で使い、生きるも死ぬも、自分たちの行動によって決まるのだ。(四三二)

神は世界を設計した「建築家」だが、完成した建築物の管理を放棄し、そこで生きる人々の営みに関心を示さない。神が投げ出した世界の管理は、今や人間の手にかかっているとアンドラーシュは認識する。そして、神からの救済に期待せず、自分の手で自分の人生を設計する「建築家」になる覚悟を決めるのである。

こうしてアンドラーシュが情熱を注ぐようになるのが、労働奉仕隊員向けの新聞の作成であった。文章担当のメンデル・ホロヴィッツ(Mendel Horovitz)と、挿絵担当のアンドラーシュによって労働奉仕隊内で次々と発行されるその新聞は、彼らを取り巻く環境が暗く重苦しいにも拘わらず娯楽的要素が高く、アイロニーやユーモアに満ちていた。その紙面に掲載される記事は、たとえばファッションコラム(労働奉仕隊の粗末な衣服に対する自虐)、旅行の広告(「退屈ならウクライナ[前線]に旅行に行きませんか?」というブラックジョーク)、スポーツコラム(過酷な強制労働をスポーツに見立てて)といった、苦しい現状を笑い飛ばすものであった。こうしてアンドラーシュらは新聞を通して、労働奉仕隊員に笑いや癒しを与え、狂気に陥るのを防ぐことに成功する。

この新聞は、単に気晴らしを与えるだけでなく、労働奉仕隊員たちに真実を伝えるといったジャーナリズム的要素も兼ね備えていた。たとえば、「ヒトラーに尋ねよ」という特集記事では、架空のインタビュアーたちの質問にヒトラーが答えてくれるというコミカルな手法によって、情報から遮断された労働奉仕隊員たちに社会情勢を知らせている。さらに、新聞の裏面の目立たないスペースに「前線からのクレーム」という小さな欄を作り、前線に送られるべき医療品が闇市に流されている実態を隊員に気付かせる。このような新聞の発行は非常に危険な行為だったが、ユーモアやアイロニー、ファンタジー的要素などを隠れ蓑にすることで遂行できていた。アンドラーシュらは危険を冒してまで、運命に弄ばれるのではなく自らが「運命の主人」(四三九)になることを選んだのである。

これらアンドラーシュの行動は作者の祖父の個人的な経験ではないが、ハンガリー強制労働奉仕隊において隊員が実際に新聞を発行していたことは記録に残っている。ブダペストの史料館に赴いたオリンジャーは、その新聞のダーク・コメディ風なトーンに衝撃を受け、自身の作品の一部に取り入れようと思ったという(Rom-Rymer)。しかしオリンジャーは物語を、ユーモアを使えば苦境は乗り越えられるといった美談に終わらせてはいない。新聞によって軍の不正を暴いた結果、アンドラーシュの所属する労働奉仕隊は、これまでで最も劣悪な労働環境の収容所に移送される。さらに、ともに新聞作成に勤しんだ相棒のメンデルは、飢えに苦しむ隊員たちの食糧調達のために収容所を抜け出して闇市へ向かうも、発見されて射殺されてしまう。一度は自分の人生を設計する「建築家」になると決意したアンドラーシュだったが、「自分でコントロールできることなどほとんどなかった。自分はヨーロッパの東の果てに迷い込んだ生命の粒子、人間の塵だった」(四八四)と、無力感に打ちひしがれる。絶望の淵で、彼は自身の家族について思いを馳せる。

クララのことを考えなければ、と彼は自分に言い聞かせた。トマーシュのことを考えなければ。両親のこと、ティーボーのこと、マータ―シュのことを。絶望的でないというふりをしなくてはならなかった。自分はまだ生きているのだと、自分自身を騙さなくてはいけなかった。愛による狡猾なごまかしに、自分から進んで加担しなければならなかった。(四八四)

必死の抵抗も虚しく社会情勢に飲み込まれていくアンドラーシュにとって、家族の存在だけが最後の希望の光であり、いまにも消滅してしまいそうな生への実感をかろうじて繋ぎ止める存在であった。

4　牧歌的な家屋への渇望——消失したものの存在を物語る家

一九四一年、ハンガリーが連合国に宣戦布告した頃、アンドラーシュは一時的に労働奉仕隊から解放され帰郷する。そこで彼は、ミクローシュ・クライン(Miklós Klein)なる青年が、ユダヤ人の亡命を斡旋しているとの噂を聞きつける。アンドラーシュはティーボーとともにブダペストのアングヤルフォルド地区にあるクライン宅を訪ね、自分たち家族全員をパレスチナへ逃がしてほしいと頼む。結局この計画は、アンドラーシュがこの後再び労働奉仕隊へ招集されたことで立ち消えとなったが、注目すべきはクラインが彼の祖父母と暮らす牧歌的な家屋の描写である。

> 庭からは山羊の声が上がり、悲しげな旋律を奏でていた。風は雨戸をカタカタと鳴らし、その音はアンドラーシュの幼少期から直接聞こえてきた。彼は時の流れから一歩外に踏み出したような感覚にとらわれた。まるで彼とティーボーがその家の玄関をくぐって全く別のブダペストに入りこんだかのように。自動車が馬車に、街灯がガス灯に、女性の膝丈のスカートがくるぶ

し丈に取って代わり、地下鉄のシステムが消滅し、『ペティス・ナプロ』の紙面から戦争のニュースが消えたかのように。まるで神による手術のように、時間という組織から二十世紀がきれいに切り離されていた。(四二六)

クラインの牧歌的な住まいが象徴するように、この場面における家屋は、外界の状況がどれほど劇的に流動し、波乱に満ちていても、それに巻き込まれることなく平和が維持される空間として描かれている。この家屋は、絶望の淵にあり、学業への情熱を失いかけていたアンドラーシュに建築のインスピレーションを与える。その後、クララと束の間の穏やかな時間を過ごしていたとき、アンドラーシュは理想の家について思いを馳せる。

二人がまどろみ始めた頃、彼は囁くような声で、戦争が終わったらドナウ川のほとりに建てようと考えている小さな家のことを話した。それは、彼が初めてアングヤルフォルド地区を訪れたときに思い描いた住まいだった。瓦屋根の白壁のレンガ造りの家、乳搾り用のヤギを二匹飼うのに十分な広さの庭、屋外パン焼き窯、日陰の中庭、ブドウの蔓が生い茂るあずまや……またしても架空の家の設計図を描いてしまった、と彼は思った。それは二人が一緒になってから彼が想像の中で建ててきた幾軒もの家のうちの一つだった。彼は脳裏で何枚も積み上げられた設計図のページをめくった。それはまだ得られていない、そして今後も得られることがないか

もしれない、幻のような人生の設計図だった。(五四〇)

アンドラーシュの結婚生活には常に戦争と反ユダヤ主義の影が付きまとっていた。彼はたびたび労働奉仕隊に招集されては長期間妻子と引き離されてきた。このような状況でアンドラーシュが切に願うのが、クラインの家屋が象徴する平和で幸福な家庭の「建築」であった。

一方でクラインの家屋には、すでにこの世を去った人々の無数の写真が飾れているという特徴もある。その写真を見たときアンドラーシュは、「その写真が、消えてしまったものの存在を物語っていた」(四二二)、「この家には、ずっと昔に失われたものの亡霊が宿っている」(四五二)と感じる。クラインの家は、単に穏やかであるだけでなく、死者の存在を思い起こさせる場所、死者に関する記憶の消滅を食い止める空間として描かれている。

時が流れて一九四五年、終戦を迎えたアンドラーシュは、ともに労働奉仕隊から解放された義理の甥ヨージェフ(József)と連れ立って、瓦礫の中家族を探し回る。しかしその時にはすでに、アウシュヴィッツに移送されたアンドラーシュの両親や、ヨージェフの両親、そしてアンドラーシュとともに労働奉仕隊として前線に送られたティーボーを含む、家族や親族の大半を失っていた。

状況は絶望的かと思われたが、クララと子供たちは生存しており、クラインの家に身を寄せていた。その家の中でクララと再会し、そこで始めて家族の死を知ったアンドラーシュとヨージエフの様子は「死者の写真でいっぱいのこの奇妙で小さな家の中で、二人は一日にして孤児になってしまった」（五八一）と描写されている。また、アンドラーシュとクララの涙の再会の場面にも、生き残った人たちの複雑な心境が表れている。

そしてその瞬間、喜びと悲しみはおそらく同じものであり、洪水となって胸を満たし喉を開かせた。これが、君なしで僕が生き延びてきたことだ、これが僕らが失ったもの、これが残されたもの、これが僕らが今後抱えて生きていかなければならないものなのだと。（五七二）

牧歌的なクラインの家屋における夫婦の再会は、戦争や大量虐殺といった激動の時代の終わりと、アンドラーシュが思い描いていた平和な家庭構築の夢が実現する未来を暗示していると解釈できる。しかしその一方で、近親者の多くを失ったアンドラーシュとクララにとって、生き延びたことは単に幸福だけを意味していない。「消えてしまったものの存在を物語る」（四二二）家における再会は、今後二人が築いていく家庭が、幸福で平穏であるだけでなく、愛する家族の喪失の記憶をも伴うことを示唆している。

5　破壊された人生の「再建」――家族の記憶を伴って

一九五六年、ハンガリー動乱(1)の直後の不安定な社会情勢の中、アンドラーシュは妻や子どもたち、そして労働奉仕隊およびソ連軍の捕囚から生還した弟のマーターシュとともに、アメリカへの移住を決意する。渡米の目的は、戦後のハンガリーの政情不安への懸念だけでなく、ホロコーストが起きた国で、自分の子どもたちにその暗い影を感じながら成長してほしくないという意図もあった。アンドラーシュがアメリカへ行く別の目的は、ニューヨークの学校に入り直し、戦争のため中断されていた建築の勉強を再開することであった。

そしてアンドラーシュは再び学生になる。スーツケースと奨学金を持ってパリに降り立った若者ではなく、世界の美しさと醜悪さの両方を知った大人の男性になって。そしてクララが彼のそばにいてくれる……。(五九三—九四)

再び学生として母国を発つアンドラーシュは、戦争やホロコーストを経験し、かつて大望を抱いてパリへ旅発った頃の無垢な青年ではなくなっていた。しかし一方で、パリへの出国時には存在しなかった新しい家族を得て、苦境の中でも家族への愛を希望として生き延びることで、アンドラーシュは大人として成熟する。ビルドゥングスロマンとして始まった本作は、ホロコースト小説へと変貌を遂げた後、こうして再びビルドゥングスロマンとして帰結するのである。

子どもたちが負の歴史の重みに押しつぶされないようにと願い新天地へ向かうアンドラーシュだが、一方で、過去をすべて忘却しようとはしていない。彼は出国の際に、自分たち一家の苗字をレヴィ（Lévi）からティーボー（Tibor）へと改名している。言うまでもなくティーボーとは労働奉仕隊で犠牲となったアンドラーシュの兄の名前である。アンドラーシュは、それがたとえ愛する人の喪失を思い起こさせる行為であっても、ティーボーが生きた証の「記念物」（五九七）として、彼の名を自分たち家族の苗字に刻むのである。

登場人物としてのアンドラーシュと違い、オリンジャーの祖父は戦後復学することなく、彼の建築家としてのキャリアは戦争によって断たれたという。本作において、戦後アンドラーシュが建築家を目指して復学するという史実と異なる展開は、彼が、戦争や迫害によって破壊された人生を「再建」することを象徴的に表していると考えられる。自分の運命の主人になろうともがいた青年は、戦後ようやく、家族の悲劇と愛の記憶を携えながら、自らの手で人生の構築に向けて一歩を踏み出すのである。

6　祖父の「建築物」を見つめる孫娘——継承される家族の愛と喪失の記憶

『見えない橋』の大部分は、二〇世紀中葉のヨーロッパを生き抜いたアンドラーシュを主軸にしているが、最後の「エピローグ」のみ、二〇世紀後半と思われるアメリカが舞台となり、彼の十三歳の孫娘の視点で語られる。孫娘は彼女が「おじいちゃんの建物」（五九五）と呼ぶ現代美術館に立ち寄る。その美術館はアンドラーシュが建築した建物であり、彼の名前が建築家として隅石に刻まれている。この一連の描写は、戦争や迫害によって破壊されたアンドラーシュの人生が、アメリカの地で再建されたことを象徴的に表わしている。

アンドラーシュの美術館には絵画や彫刻、写真が収蔵されており、孫娘はそれらを幾度となく鑑賞してきた。美術館がアンドラーシュの人生の象徴で、その収蔵物が彼の生きてきた軌跡、彼の記憶を意味するとしたら、幾度となく美術館に足を運び、収蔵物を観てきた孫娘は、祖父の人生や経験を垣間見ながら育ってきたと解釈できる。一九三七年、夢を抱いてパリに降り立ったアンドラーシュの様子は、「彼が設計する建物が、人類が二〇世紀の地平線に向かって、そして地図の向こうの新世紀に向かって航海する船となるだろう」(三二)と描写されていた。この言葉が暗示するようにアンドラーシュは、後世に向けて記憶——それは当初の期待と違い、暗さと痛みを含むものであったが——の橋渡しをする「建築家」になったと言えよう。

一方で孫娘は、同じくホロコースト第三世代のオリンジャーがそうであったように、祖父母から戦争や迫害、親族の身に起きた悲劇について詳細には聞かされずに育った。自分の子ども達に負の遺産を背負わせないようにと母国を去ったアンドラーシュたちは、孫に対してもその姿勢を変えておらず、自ら多くを語ろうとしなかった。美術館に展示される芸術作品が抽象的であるのと同様に、祖父たちから孫娘に伝わる記憶は、具体性を欠いた不明瞭なものであった。

彼女[孫娘]は学校で戦争について学んでいた。誰が死んだか、誰が誰を殺したか、どのように、どのような理由で。教科書にはハンガリーのことはあまり書かれていなかったけれど。戦争に関するその他のことは祖母を見て学んだ。ビニール袋やガラス瓶を取っておいたり、大惨事に備えて家に水を備蓄する姿、レイヤーケーキの砂糖とバターをレシピの半分の量で作る姿、そして時々わけもなく涙を流す、そんな祖母の姿を見て。（五九六）

祖父母の経験は曖昧な形で伝達されたが、孫娘はそれを「まるで薬か毒かのように肌から吸収した」（五九六）と語る。そのことがよく表れているのが、彼女が見る悪夢である。それは、ドイツ人の看守によって手足を拘束された祖父が、ベルトコンベアーに乗せられ、鉄の歯車で身体を粉砕されて殺害されるという夢であり、明らかにホロコーストを連想させるものであった。実際にホロコーストを経験した人から二世代も距離があり、尚且つその詳細も聞かされていないにも拘わらず、負の記憶は孫に伝達されていることが窺える。

しかし継承された負の記憶は、単に孫娘に恐怖や苦痛を与えるだけでなく、これまで語られてこなかった親族の物語を直視する契機として作用する。

彼女はすべての話を聞きたいと思った。祖父の兄は幼少期、どんな少年だったのか、学校では何が得意だったたか、人生で何をしたかったのか、どこに住んでいて、誰を愛し、どのように死んでいったのか。（五九七）

そして彼女は、これまで自ら祖父母に過去の話を聞こうとしてこなかったことに気づく。

彼女は今まで尋ねたことがなかったが、それが問題だったのかもしれない。あるいは今でさえ、彼ら[祖父達]はそのことを話したくないのかもしれない。それでも、今度訪ねたときに聞いてみようと思った。彼女は十三歳、彼らも話しても良い頃だろう。彼女はもう子どもではない。知るのに十分な年齢だった。(五九七)

ホロコーストの歴史と、苦難の中を生きた家族の愛と悲嘆の記憶は、こうして時を超え、現代を生きる孫娘に継承される。確かにアンドラーシュは後世へ記憶の橋渡しとなる建築物を築いたが、それを受け止める者、自ら知ろうとする者がいなければ意味を成さない。孫が祖父母の記憶に自発的に歩み寄ることにより、記憶の伝達は完遂されるのである。祖父のビルドゥングスロマンである本作は、最終的に、孫のビルドゥングスロマン——記憶の継承者としての責任を自ら引き受けるまでに成長する——として幕を閉じるのである。

7　おわりに——第三世代作家による記憶を繋ぐ橋の「建築」

『見えない橋』は、ホロコーストの最中、家族の存在を心のよりどころに、自分の人生を「建築」しようともがいたユダヤ人青年の愛と成長の物語であった。しかしオリンジャーは本作をそれだけに終わらせず、あえて彼の孫娘を登場させることで、ホロコースト第三世代作家としての自身の姿勢を示したと考えられる。

オリンジャーら第三世代は、同じく直接的な経験を持たない第二世代以上に、ホロコーストの衝撃から隔たりがある。それゆえ、ヴィクトリア・アーロンズ(Victoria Aarons)が主張するように、第三世代作家達の特徴は、ホロコーストに関する断片的な語りの隙間を埋めようとする挑戦にこそあるといえる(二十)。

オリンジャーは本作の執筆に八年を費やし、祖父がそれを生きて読むことはなかった。彼女は初めて祖父から戦時中の話を聞いた日のことを回想しながら、自民族の記憶と自身の創作への向き合い方について語る。

> 私たちはユダヤ人として、最も古い記憶から、過去を再訪することがいかに重要であるかを学んでいる。過去が繰り返されるのを見なくてはいけないという危険を冒してでも……『見えない橋』は、私が自分の過去を知るきっかけとなった本だ。しかしそれはまた、私が未来に向かって書くための一助となる小説でもあってほしい……今日、山間の端で祖父と過ごしたあの瞬間について考えるとき、私の耳に聞こえるのは彼の率直な訓令だ——私たちの話を語りなさい、ためらうな、立ち止まるな。祖父の声を胸に、私は書き続ける。("Storyteller")

オリンジャーもまた、物語の創作を通して、過去と現在に見えない橋を架け、祖父母の経験した過去へと渡っていく。ホロコーストから七十五年以上経った今日、二一世紀を生きる孫たちは、こうして失われつつある記憶を未来に繋ぐ橋を建設するのである。

*本研究は、科研費（若手研究「ホロコースト第三世代における記憶の表象と継承」［研究課題番号JP22K13069］）の助成を受けたものである。

註

（1）民主化やソ連軍撤退を求め、一九五六年十月にブダペストで始まり、約二か月間続いた民衆による暴動。ソ連の軍事行動によって多数の死者を出したのち鎮圧された。

参考文献

Aarons, Victoria, editor. *Third-Generation Holocaust Narratives: Memory in Memoir and Fiction*. Lexington Books, 2016.

Neuberger, Emily. "An Interview Julie Orringer." *The Brooklyn Review* 7 May. 2019, https://www.bkreview.org/spring-2019/an-interview-with-julie-orringer/. Accessed 11 Mar. 2024.

Orringer, Julie. *How to Breathe Underwater: Stories*. Knopf, 2003.

——. *The Invisible Bridge*. Penguin Books, 2011.

——. "The Storyteller and the Man With a Story." *Jewish Book Council* 26 Sep. 2011, https://www.jewishbookcouncil.org/book/the-invisible-bridge. Accessed 11 Mar. 2024.

Rom-Rymer, Symi. "People of the Book: Interview with Julie Orringer." *In The Moment* 11 Feb. 2011, https://momentmagazine.wordpress.com/2011/02/11/ people-of-the-book-interview-with-julie-orringer/. Accessed 11 Mar. 2024.

Wiesel, Elie. *Night*. 1960, translated by Marion Wiesel, Penguin, 2008.

第八章　『家へ帰ろう』に描かれた主人公アブラハムの変容と愛と赦しの諸相について

鈴木久博

1　はじめに

第二次世界大戦時のホロコーストは人類にとって二十世紀最大の負の歴史である。権力を恣にするヒトラーの下、猛威を振るうドイツ軍に対し、ヨーロッパの多くの国が次々とその占領下に置かれ、ユダヤ人に対する迫害や虐殺が激化の一途を辿っていった。六百万人にも及ぶユダヤ人が、ただユダヤ人であるという理由だけで組織的に殺害されたのは他に類を見ない凶行というほかはない。

ホロコーストは一九八〇年代以降、終戦からかなりの月日が経過した後に、ようやく各種分野やジャンルにおいて頻繁に取り扱われるようになった（高橋秀寿 vi）。一九八五年に公開されたクロード・ランズマン（Claude Lanzmann 一九二五―二〇一八）監督による映画『ショアー』（*Shoah*）は、ホロコーストに関わった人々へのインタビューから成る九時間半にも及ぶ大作である。ホロコーストの悲惨さ、非情さを訴えるもので、ランズマン監督によれば「死についての映画」(ランズマン八)である。『ショアー』は、ホロコーストの記憶を忘却の彼方に追いやろうとする国家に対して、「四〇年後に突然目の前に現れて自分たちの蛮行を暴露する」(高橋哲哉 八〇)役割を果たした重要な作品であった。

一方、迫害の中にあるユダヤ人を身の危険を冒してまで救出した人物にスポットライトを当てた映画も製作された。『ウォーキング・ウィズ・エネミー』(*Walking with the Enemy* 二〇一四)では、ナチス兵になりすまし、命懸けで多くのユダヤ人を救出した実在のユダヤ人で、ラビでもあり実業家でもあったピンハス・ローゼンバウム(Pinchas Tibor Rosenbaum 一九二三―一九八〇)をモデルにした主人公が、無謀とも思える型破りな活躍をする姿が描かれている。また、千人を超えるユダヤ人を救ったドイツ人実業家オスカー・シンドラー(Oskar Schindler 一九〇八―一九七四)の生き様を描いたスティーヴン・スピルバーグ(Steven Spielberg 一九四六―)監督による『シンドラーのリスト』(*Schindler's List* 一九九三)はアカデミー賞をも受賞するほどの評価を得た。そのほかに、ハンガリーのユダヤ人救出に尽力したスウェーデン人外交官ラウル・ワレンバーグ(Raoul Wallenberg 一九一二―一九四七?)を扱った作品『こんばんは、ワレンバーグさん』(*God afton, herr Wallenberg* 一九九〇)や、リトアニアの領事館で日本政府の意向に背いてユダヤ人救出のために日本通過ビザを発行した外交官、杉原千畝(一九〇〇―一九八六)の姿を描いた映画『杉原千畝　スギハラチウネ』(二〇一五)も製作されている。二〇二一年には、アウシュヴィッツ収容所から二人の男が脱走し、虐殺の実態を伝える彼らの報告書によって十二万人のユダヤ人が救われた事実を扱った映画『アウシュヴィッツ・レポート』(*The Auschwitz Report*)も公開された。

さらに、主人公がホロコーストに纏わる自らや家族のルーツの探求や、謎の解明のために旅に出るロード・ムービーもしばしば製作されている。祖父をホロコーストから救った女性を探し求めてゆく主人公の旅を描いたジョナサン・サフラン・フォア(Jonathan Safran Foer 一九七七—)の小説を基にした『僕の大事なコレクション』(*Everything Is Illuminated* 二〇〇五)や、主人公が家族を殺害したナチ党員を探し出す旅に出る『手紙は憶えている』(*Remember* 二〇一五)などがその例として挙げられる。アルゼンチン出身のパブロ・ソラルス(Pablo Solarz 一九六九—)監督の手による作品『家へ帰ろう』(*The Last Suit* 二〇一七)も、そのような作品の一つに数えられる。この作品はホロコースト終焉後七十年以上が経過した二十一世紀を舞台としており、主人公はホロコースト生存者で、現在では南米アルゼンチンで暮らしている八十八歳の仕立屋アブラハムである。だが、彼の長女と次女が、彼が痛めている脚の状況が悪化して切断せざるを得なくなることを懸念し、彼を高齢者施設に入れ、家を売却することも決めてしまう。それを契機にアブラハムは家を捨てて旅に出る決心をする。それは、戦時中自らの命を救ってくれた幼馴染みの親友ピオトレックとの再会を果たし、彼に自分が仕立てたスーツを渡すため、故郷ポーランドを訪れるためであった。ピオトレックは、いわゆる「死の行進」から逃れ衰弱し切って彼の家に辿り着いたアブラハムを匿い、彼が回復すると、父親から金をくすねてまで資金を調達し、自分の叔母がいるアルゼンチンへ行くように助言したのであった。

イスラエルのホロコースト記念館、ヤド・ヴァシェム(Yad Vashem)によると、迫害されていたユダヤ人を救った「諸国民の中の正義の人」は二〇一八年現在で二万六千九七三名(リトナー二三五)とのことである。「ドイツ占領下のヨーロッパに住んでいたこれらの気高き人びとは、ナチスがユダヤ人に宣告した運命を黙認することを拒み、自分に危険が及ぶ恐怖にも負けず、報酬を期待もせず、個人的損得も無視し、自らの命を賭けて他人の命を救った」(リトナー二三四)のだが、ピオトレックもそのような一人だと考えてもよいだろう。彼はまさに損得に関係なく、人間として、友としてアブラハムを救ったのである。

ソラルス監督によると、自身の祖父も祖国から逃れざるを得なかったホロコースト生存者であったが、祖父の前では「ポーランド」という語は禁句であり、そこで起こったことは語られないままであったという。そんな中、この作品製作の端緒となる出来事が起こる。ある日、カフェで朝食をとっていた時に、九十歳になるホロコースト生存者が、かつてナチスから自分を匿ってくれた友人に会うために周囲の反対を押し切ってハンガリーに向かい、何十年も連絡をとっていなかったにもかかわらず、何か月も潜伏したまさにその家で再会を果たしたという話を耳にするのである。そして、祖父を含め、多くの人々の語られていない帰還や再会の旅について調べる中、ソラルス監督は、友人に助けられて命を救われたユダヤ人が、その感謝の意を示すために祖国へ帰る話を書き、映画化することを自らの使命だと感じるに至るのである。そして、実際に祖父の故郷を訪ね、親戚を探し出して聞いた何百ものエピソードを基に脚本を手がけ、撮影を始めたとのことである（ソラルス七）。

アブラハムを救い出したピオトレックの無私の愛がなければ、彼が意を決してポーランドを訪ねることはなかったであろう。その意味において、主人公がその恩を返すべく旧友との再会を果たすことが重要であることは論を俟たない。だがこの作品では、彼がポーランドへの旅程で幾多の試練に遭遇し、さまざまな人々と関わってゆく中で、愛と赦しとは何なのかを知り、その心が解れてゆく様子がよりフォーカスされていると考えられるのである。

2　アブラハムのユダヤ人としての自尊心

アブラハムが敬虔なユダヤ教徒であるかどうかはともかくとして、彼が自らのユダヤ人としてのアイデンティティを大切にしている点は窺い知ることができる。まず、彼が愛おしく思っていた幼くして命を奪われた妹を夢で見る場面である。物語の創作が得意だった彼の妹は、その夢の中で集まったユダヤ人たちを見事な物語で魅了する。そこには若かりしアブラハム自身もいるのだが、この場面は、作品冒頭でユダヤ人たちがクレズマー音楽にあわせて踊っている場面に続くものである。アブラハムの心の奥底には妹への思いと共にイディッシュ文化を尊ぶ思いがあると感じられる。また、まさに彼が旅に出る直前のワンカットに、片付けられた部屋の隅にあるユダヤ教で使われるメノーラー（七枝の燭台）やハヌカ（ユダヤ教の燈明祭）用のハヌッキーヤ（八枝の燭台）が映り込む。このことからおそらく彼はユダヤ人としてその伝統を守ってきたと考えられる。そして、彼のこの家からの追放および家の売却は、彼のユダヤ人としてのアイデンティティの否定を象徴的に表しているのではないか。彼がそのことを決めた長女、次女を激しく糾弾するのも、一つにはこのためなのだと思われる。

アブラハムがユダヤ人であることに自尊心を抱いていることは、彼の右脚に対する態度にも表れている。彼は「死の行進」で右脚を痛めたと思われるが、その脚のことを「ツォレス」（tsores）と呼ぶ。この言葉はイディッシュ語で、「困難、心配事、苦痛」などの意味を持つ（Rosten 四〇八）。ユダヤ人の日常語であったイディッシュ語を敢えて用いていることから、アブラハムがユダヤ人としての自らのアイデンティティを大切にしていることが窺われる。また、その痛めた脚は、ユダヤ人であるがゆえに経験することになったホロコーストという苦難の中でのピオトレックの愛と友情を象徴しているのではないかと考えられる。ピオトレックはアブラハムと同じ年に生まれ、彼の父は、アブラハムの父が経営する仕立て屋の店員であり、彼の母はその店の使用人であった。彼はアブラハムによれば非常に引っ込み思案で、「だんまり」というニックネームをつけられていた。その彼が、アブラハムを断固として家に入れまいとする父親に対し、恩知らずだと罵り、殴り倒すという手段にまで訴えて、ユダヤ人アブラハムを助けたのである。そこまでして自分の命を救ってくれた友人やその行為を記憶し、呼び起すために、アブラハムは自分の右脚の呼称として「ツォレス」というイディッシュ語を用いたのではないか。そして、これは彼の人生の一部として、なくてはならない重要な一部分であったと言える。従って、その脚を切断することは、自らがユダヤ人であるがゆえに経験し、保持してきたそのような経験との訣別を象徴し、自らの人生の否定にも比されるべき凶行とも言えるのである。それが、脚を切断されることを彼が「生殺し」だと言い、そのことを画策する長女や次女のことを激しく非難する所以だと考えられるのである。

3　駆け引きや取り引きに依存するアブラハムの生き方

この作品では開始早々に、主人公アブラハムの生き方を象徴するエピソードが導入されている。作品冒頭のユダヤ人たちの踊りの場面のすぐ後で、カメラはアルゼンチンのアブラハムの家に切り替わる。家から追い出され高齢者施設に入れられる前に、最後に彼は孫たちに囲まれて幸せそうにしている写真を撮りたいと思うが、孫娘ミカエラは写真が嫌いだと言って拒否する。そして、写真の撮影と引き換えに、アブラハムに iPhone の代金千ドルを要求する。彼はそれは法外な金額だと言い、最初は二百ドルだけ出すと言うが、次第に譲歩し、四百ドル、六百ドルと金額を上げてゆき、最終的に八百ドルまで出すと言う。それを聞いてミカエラはアブラハムと一緒に写真に収まることを承諾するのだが、アブラハムは、もう少し待っていれば千ドル出すと言うつもりだったと言い、諦めが早すぎると言って孫娘を窘める。だが、ミカエラの方が一枚上手で、実は iPhone の値段は六百ドルなので二百ドルの儲けだと言うのである。ここでアブラハムは怒りを爆発させると思いきや、このような抜け目のなさゆえに孫娘がますますかわいいと賞賛するのであるのである。

ユダヤ人は非常に現実主義的で、金は生きてゆくのに必要なものと捉えられている。タルムードには、「人を傷つけるものが三つある。悩み、諍い、空の財布だ。そのうち空の財布がもっとも人間を傷つける」(トケイヤー一三五)という警句があり、「金を汚いものだとする考えは、まったく存在しない」(トケイヤー一九三)という。イディッシュ語にも「金を大儲けする」ことを表す語として、「シェップン」(shepn)という語がある(Weinreich 三八二)。また、交渉や駆け引きにしても、迫害を受け続けてきたユダヤ人にとっては、生き延びるための、必要不可欠な知恵であり、手段であったのである。

アブラハムとミカエラとのエピソードは、写真に写ることとiPhoneの代金を取り引きするという点、およびアブラハムが金を儲けることの重要性を認識し、孫娘がすでにその技を体得しているのを知って喜ぶという点で、ステレオタイプ化しているきらいはあるものの、極めてユダヤ的な側面を表している。そして、この作品で我々が初めて目にするアブラハムの姿がこのようなものであることから、彼のこの資質は観る者の心に強く刻みつけられる。ソラレス監督は、アブラハムのこのような特質を描くことで、彼がまぎれもなくユダヤ人であることを示すのに成功していると言える。

ただし、アブラハムの場合、その周りの人々と関わり方において、あまりにも打算的な駆け引きや取り引きに依存しすぎているのではないかとも思われる。彼は財産譲渡の際に、娘たちから自分に対する感謝の言葉を要求するのだが、それもこのような彼の考え方を表していると言える。長女と次女は父親の機嫌を取るために巧言を弄し、美辞麗句を並べ立てて財産を手にする。これに対して末娘のクラウディアは、大切なのは行動だと言い、口先だけで彼に感謝の言葉を述べることを拒む。その結果、機嫌を損ねたアブラハムは彼女を勘当してしまい、彼女は今ではスペインのマドリードに住んでいる。なお、父アブラハムと三人の娘のこのようなやり取りについては、ソラルス監督自身も述べている通り、シェイクスピア(William Shakespeare 一五六四—一六一六)の『リア王』(*King Lear*)をモデルとしている(ソラルス 十五)。

また、航空券や切符を購入する際の様子にも、駆け引きや取り引きに依拠した彼の生き方が垣間見られる。アブラハムの応対をしたのはある若い女性であるが、その女性はアブラハムが生前懇意にしていた男性の孫娘であった。そして、提示された値段を高いと感じると、彼は彼女の祖父は値引きをしてくれたこと、そしてその代わりに自分がスーツを仕立てたことを引き合いに出して、この孫娘にも値引きを迫るのである。ここでは自分とその娘の祖父が親しい間柄だったことを理由にして、アブラハムが取り引きを試みている。一方、マドリードの空港で入国の際に引き留められた時には、彼は賄賂を渡してことを収拾しようとする。さらに、マドリードの宿では、ツアーを企画している旅行代理店の者だと偽ると共に、若くもない女主人を「お嬢さん」と呼んで機嫌を取り、部屋代を値切ろうとするのである。

アブラハムはこのような駆け引きや取り引きに依存した自らの生き方や考え方の限界や誤りを、ポーランドへの旅路で様々な人々との関わりを通して悟ることになるのである。

4 固定観念からの解放——マリアとの関わり

アブラハムの生き方についてもう一つ特徴的なのが、上述の人間関係における取り引き重視とも関連していると思われるのだが、彼が固定観念や上辺だけの印象に囚われているという点である。アブラハムはいったん思い込んだら、それを変えるような柔軟な思考ができない。そのため彼はしばしば現実を見誤ってしまう。

先に引用した三人の娘に自分への感謝の言葉を要求するエピソードはそれを如実に物語っている。長女と次女が美辞麗句を並べたてて父親の機嫌を取ったのに対し、末娘クラウディアは言葉だけでは何の意味もないと考え、父の要求を拒否した結果、怒ったアブラハムによって勘当されてしまう。だが娘たちの真の姿はどうだったろうか。長女、次女は彼を家から追い出すだけでなく、家の売却をも画策していた。一方、クラウディアについては、アブラハムに同情した家政婦パウリーナが、クラウディアの住所を書いた紙を彼に渡し、「クラウディアがいれば」とつぶやくところから察して、彼女が姉たちとは違い、父のことを大切にしていたことが窺われる。実際、彼女はアブラハムがマドリードの宿で盗難に遭い、所持金をすべて失った時、自分を一方的な理由で勘当したにもかかわらず、突然訪ねてきた父親に金を渡して窮地から救うのである。また、その場面ではクラウディアの腕にアブラハムの腕と同じ囚人番号が刻まれているのが映し出されるが、これは彼女がユダヤ人としてのアイデンティティを大切にしてきた父と思いを共有し、ホロコーストの苦難を記憶しようとしたことを示す証拠である。ソラルス監督は「実際、ホロコースト生存者、もしくは亡くなった方の子孫の間で、その時の同じ番号をタトゥーとして入れることで、ホロコーストを忘れないようにしている若者が多くいる」(ソラルス 十五)と述べており、クラウディアもその一人であると言える。

だが、アブラハムはクラウディアのところへ助けを求めにゆくのを非常に躊躇する。そこには人間関係の土台に取り引きを据えた彼の考え方と固定観念が影響していると言えよう。自分が冷遇した相手だから、自分を助けてくれるはずがないという思考である。だが彼が宿の女主人マリアから聞くことになる身の上話が彼の考えに影響を与える。彼女は一人目の夫が自分と子供を捨てて行方を晦ましたと言い、二番目の夫と結婚したと話す。だが、やがて一人目の夫が戻ったので、縒りを戻し、二人目の夫と別れる。ところが最初の夫が再度逐電してしまったため、二番目の夫の所へ行って赦しを請い、復縁を求めたというのである。マリアの行動は二番目の夫からすると、身勝手で厚かましい話であることは否めない。固定観念に囚われた思考しかできないアブラハムは、そのような頼みが受け入れられる筈はないと感じ、マリアに、「罵倒されただろ」と言うのである。ところが実際にはこの二番目の夫はマリアを赦し、迎え入れたのであった。つまり、実際に人間関係において重要なのは愛情や思いやりなのであり、それによって困難だと思われることでも覆すことができるのである。言い換えれば、人間関係とは固定観念や損得だけでは説明できないものだということである。もっともマリアは二人目の夫を「ろくでなし」とも呼び、赦してくれたが「高くついた」と言っているので、夫が三人いたという彼女の発言も考え合わせると、この二人目の夫もマリアを裏切ったのかもしれない。

一文無しになったアブラハムが、マリアに強く勧められて勘当した末娘クラウディアのもとを訪ね、金の援助を依頼するのはこの話を聞いた後であった。マリアは、親子関係というものは勘当という上辺だけの手続きによって切れるものではないこと、特にアブラハムが彼女を勘当した経緯から考えて、クラウディアが実際には父のことを慕い、愛していたことを悟っていたと思われる。一方、アブラハムは前述のように、自分が末娘を邪険に扱ったがゆえに、援助を求めても無駄だと感じていたに違いない。また、そのような自らの態度を身勝手千万だと感じていたことであろう。しかし、マリアから二番目の夫の話を聞いていたこともあり、彼は末娘の父に対する愛情を信じて、躊躇した挙句に彼女に会いに行くことができたのである。そして実際、彼女は父親を赦し、千ドルを渡すのであった。それまでは極めて浅薄に表面的な行動や固定観念でものごとや人々を判断していたアブラハムが、クラウディアとの再会を通して、取り引きなどとは無関係な親子の愛や赦しを体験したのだと言える。

5　固定観念からの解放——イングリッドとの関わり

アブラハムが固定観念に囚われ、柔軟な思考ができない様子は、彼がユダヤ人であるがゆえに経験せざるを得なかったホロコーストとの関連でより明確に描き出される。ナチスによるユダヤ民族迫害ゆえに、ユダヤ人がドイツ人全般に対して嫌悪感を抱いていたとしても無理からぬことだろう。ユダヤ系アメリカ人作家バーナード・マラマッド（Bernard Malamud 一九一四—一九八六）の作品中にも、ニューヨークに住むユダヤ系移民が「ドイツ人には恩恵を受けたくない」（*The Assistant* 六八）と言ったり、或いはホロコーストを逃れてアメリカに渡ったユダヤ難民が、「ドイツ国家を、非人間的で良心がない無慈悲な国民を激しく呪った」（"The German Refugee" 二〇三）と言う場面などは、その例であると言える。

アブラハムにも同様な考え方が認められる。パリ駅で地図を見て、列車でポーランドに行くにはドイツを通過しなくてはならないことがわかると、彼はドイツには「一メートル、いや一センチたりとも足を踏み入れたくない」と主張し、ドイツを経由せずにポーランドに行きたいと言う。そして、「どうしてユダヤ人が、まるで何もなかったかのようにここ〔ドイツ〕を横断できるか」と言うのである。また、ベルリンで乗換えが必要だとわかると、彼はその地に足を下ろすことにも抵抗を感じる。なお、「ドイツの地を踏みたくない」というアブラハムのエピソードは、ソラルス監督自身、ユダヤ人である母方の祖父の言葉をヒントにしたと述べている(ソラルス十三)。

このようなアブラハムの姿勢に見られるのは、ドイツといえばナチスという連想であり、ドイツ人全体に対する嫌悪感である。このような思考には、個々のドイツ人の人格は入り込む余地はない。誰であってもドイツ人であれば反ユダヤ主義者という捉え方である。ホロコーストの場合は特に、「大規模で組織的で徹底した一民族に対する迫害は、ナチスだけの力だけで成り立つものではない。それが成り立ったのは、一般市民のなかに協力者がいたからであり、『傍観』という形でそれを助長した市民がいたからである」(リトナー二九二)ことから、アブラハムはドイツ人全体に対して不信感を抱くに至ったのだと考えられる。そして、戦後七十年が経過しても、その印象はあまりにも強く、彼はホロコーストを許したことに対してドイツ人を嫌悪するのである。

パリ駅で出会うドイツ人の文化人類学者イングリットに対する彼の態度からもこのことを窺い知ることができる。イディッシュ語で話しかけてくる彼女をユダヤ人であると思い、アブラハムは心を開きかけるが、彼女が実はドイツ人だとわかると、俄に彼の表情は曇り、「だったら、イディッシュ語を話すな」と言う。そして、ドイツ人には世話になりたくないという気持ちから、彼は列車の中で彼女が勧める水やコーヒーも拒否してしまう。アブラハムはさらに彼女に向って、「あんたらが去った時に自分は友人に救われた」と、ナチスが撤退した直後に自分がピオトレックに救われたことに言及するのだが、ドイツ人であるイングリッドを「あんたら」という表現でナチスと同一視するのである。

アブラハムがホロコーストを経験したことが、彼の中に排他的思考を生み出したと考えられるのだが、そのことを示す場面が作品中にある。それは、ホロコーストの経験を語った後、彼が「この目で見たんだ」と口癖のように付け加える点である。ホロコーストの実態は目の当たりにした自分にしかわからないということを強調することで、彼はユダヤ人である自らと、そうではないイングリッドとの違いを明確にするのである。

だが、いかにアブラハムが拒否しても、彼のためになりたいと言って諦めないイングリッドは、「ドイツは変わった」と言い、国家や民衆の暴虐について、「個人的な意見だけれど、自分は恥じている」と話す。実際、西ドイツにおいては、ユダヤ人一家の犠牲を描いたアメリカのテレビドラマ『ホロコースト——戦争と家族』(*Holocaust* 一九七八)が一九七九年一月から放映されたのを契機に、それまでは知ることが困難であったホロコーストの実態について人々の関心が急激に高まり、「数多くの市民はドイツ人であることに恥辱を感じることになった」(高橋秀寿 一一七)。また、この映画によってホロコーストに関する知識を得たいという気持ちを抱いたかという質問に対し、十四—十九歳の年齢層では六二%が首肯した(高橋秀寿 一一八—一一九)というが、イングリッドもこの世代だと考えられる。大澤武男は、ホロコースト後にドイツ人がユダヤ人に対してできることについて以下のように指摘する。

ユダヤ人側から再三はっきりといわれているように、「この犯罪に対する容赦は永久にないし、またあり得ない」のである。

こうした犯罪を許すことができる権利を持っているのは犠牲者だけであり……ドイツ人は取り返しのつかないことをしてしまったのである。

ドイツ人にとってやれることは、ユダヤ人に対する再善処（ヴィダー・グートマアフング）であり、それによりユダヤ人とのよりを取り戻すことだけである。（大澤二四三）

イングリッドはアブラハムに対して、まさにこの実践をしようとしたのであり、彼女の言葉に触れて、頑ななアブラハムの心が揺さぶられる。そして、彼の額にキスをして去ってゆこうとする彼女をアブラハムは呼び止め、乗換駅のベルリンでドイツの地を踏まなくてもよい方法を考えるよう要請する。その結果彼女は、列車からホームのベンチまで自分の服を何枚も敷き、その上をアブラハムが歩くことで直接ドイツの地を踏むことを回避できるようにするのである。

このエピソードは重要な意味を持っていると言えよう。ドイツの地に足を下ろしたくないというのは、頑固なアブラハムのこだわりに過ぎないと切り捨ててしまえばそれまでだが、イングリッドは親身になって彼の気持ちに寄り添ったのである。ドイツ人でありながら、ユダヤ人に対する過去の行いを悔い、実際にユダヤ人である自分の願いを果たすために尽力し、その希望を叶えたイングリッドの姿に接し、アブラハムは彼女を信頼できると感じたに違いない。彼女がイディッシュ語を学び、話すことができる点も結果的には彼が心を開くのに役立ったと考えられる。徐に口を開くと、アブラハムは自分の家族について、ただユダヤ人であったというそのことだけで悲惨な仕打ちを受けたと彼女に語り始めるのである。父や叔父が銃弾に倒れるのを目の当たりにしたこと、また、愛する幼い妹が連れ去られる時の様子を克明に彼女に語るのである。それはアブラハムが、彼女がその話を理解できると思ったからであろう。ドイツ人であるイングリッドに対し、このような話をした点にアブラハムの変容の一端を認めることができる。また、自分がその上を踏んだイングリットの服を、彼女が自分で畳もうとするのを遮り、アブラハム自身が畳み始める。このことからも彼が彼女の行動を評価していることが窺えるだろう。

イングリッドは、かつてのアブラハムの打算的、因習的思考の枠内では捉えきれない人物であったことは間違いない。民族を超えたイングリッドの愛が、アブラハムの心の中に、そのような枠を超えた赦しの心を誘発したのだと考えられる。乗り換え列車の到着がアナウンスされ、ベンチから立ち上がって列車に向かおうとするアブラハムはもはやホームに敷く服を必要としない。ドイツの地を自らの足で踏みしめるアブラハムは到着時とは異なり、ドイツ人に対する赦しの心を抱いた人物に変わったのである。

6 変容したアブラハム——ゴーシャとの関わり

ドイツ人に対して赦しの心を抱くようになったとはいえ、多くのドイツ人が乗車し、ドイツ語が飛び交う列車の中はアブラハムにとっては過去の苦しみを想起させる耐え難いものであった。ホロコースト当時の光景がフラッシュバックし、彼は意識を失って倒れ、目を覚ましてみるとワルシャワの病院に搬送されていた。

彼の担当看護師ゴーシャは、彼の脚はかなり状態が悪化していて、一旦は切断することに決まりかけたが、ある医師が「わずかでも可能性があるのなら救うのが使命だ」と強く主張し、切断を免れたことを伝える。これは合理的な判断ではなく、患者の立場に立ってその感情を優先した決定である。また、愛情の表れであるとともに、アブラハムのユダヤ人としてのアイデンティティの象徴である脚を病院が守ったということになる。そして、この決定を聞いたアブラハムが思わず表情を緩める様子が映し出される。この一件は、病院のスタッフであるゴーシャに対してアブラハムが心を開く契機となったと考えられる。

そして彼は彼女に、無理な頼みだとわかっていながら、病院から故郷ウッチまで連れていってくれと頼む。ピオトレックに何としても会いたいという気持ちから、アブラハムがこのような依頼をするに至ったと考えるのは当然であろう。同時に、ここにはマリア、クラウディア、そしてイングリットとの関わりを通して、人の愛を信じることができるようになったアブラハムの姿が認められるのではなかろうか。彼は、人間関係というものは取り引きに基づいて決定されるような打算的なものではなく、先入観によって凝り固まったものでもないということを知ったのである。アブラハムは現在の自らの姿を顧みて、十分な金もなく、ゴーシャが自分の頼みを聞き入れてくれたとしても返すものがないことを自覚している。打算的な考えに徹していた過去のアブラハムであれば金がなければ何もできなかったかもしれない。だが今、人の愛を信じることができるようになったことから、彼はそのような状況であっても、また、たとえ自分の要求が法外なものであったとしても、人は自分に対する思いやりや愛情を持ち得ること、そしてそれがある限り、自分の願いが叶えられる可能性があることを悟っていたのではないだろうか。そして、それゆえに彼はゴーシャに対して無茶な要求をすることができたのではないかと考えられる。

このように、作品の序盤では人との関係に於いて過度に駆け引きや取り引きに依拠するとともに、固定観念に囚われていたがゆえに、それらを度外視した人の厚意や愛情が理解できなかったアブラハムが、旧友との再会を求めてポーランドへ向かう途上で遭遇する人々との関わりを通して、それらに目覚めてゆくのである。そして、その結果として彼は七十年ぶりに命の恩人であるピオトレックと劇的な再会を果たすのである。

7 おわりに

本論で述べてきたように、『家へ帰ろう』は、アブラハムがホロコーストから自らを救い出してくれた旧友ピオトレックとの再会を求めて、老齢や脚の痛みにもかかわらずポーランドに向かう旅路を描いたロード・ムービーである。その過程で彼が様々な人々との出会いを通して人間として成長し、変容してゆく様子が描かれている。具体的には、人と関わる際の過度な取り引き依存や過去の歴史、および固定観念に拘泥されていた状態から解放されるのである。作品の結末におけるアブラハムはもはや、人との関わりを損得や上辺のみで判断する者ではない。また、過去のホロコーストという事実ゆえにドイツ人を盲目的に憎悪する者でもない。今では愛と赦しを学び、一回りも二回りも大きな人物となってピオトレックとの邂逅を果たす。そのような姿は、民族の違いをものともせず、彼のために愛と友情に生きたピオトレックとその精神を同一とすると言ったら過言であろうか。

本稿は、日本ユダヤ系作家研究会第四十一回講演会(二〇二四年三月十六日、ノートルダム清心女子大学)における口頭発表原稿に、加筆修正を施したものである。

参考文献
Malamud, Bernard. *The Assistant*. New York: Farrar, Straus & Giroux. 1957.
——. "The German Refugee." *Idiots First*. New York: Farrar, Straus & Giroux. 1963, 195-212.
Rosten, Leo. *The New Joys of Yiddish*. New York: Crown Publishers. 2001.
Weinreich, Uriel. *Modern English-Yiddish Yiddish-English Dictionary*. New York: Schocken Books, 1997.
大澤武男『ユダヤ人とドイツ』講談社、一九九一年。
ソラルス、パブロ(監督・脚本)『家へ帰ろう』彩プロ、二〇一九年、DVD。
——. "Director's Note" 関口裕子訳、『家へ帰ろう』彩プロ、二〇一八年、ブックレット、七頁。
——. "Interview with Director" 関口裕子訳、『家へ帰ろう』ブックレット、十三—十五頁。
高橋哲哉『戦後責任論』講談社、二〇〇五年。

高橋秀寿『ホロコーストと戦後ドイツ——表象・物語・主体』岩波書店、二〇一七年。

トケイヤー、M『ユダヤ人の発想』加瀬英明訳、徳間書店、一九九四年。

ランズマン、クロード「ホロコースト、不可能な表象」高橋哲哉訳、『ショアー』DVD付属資料、日本ヘラルド映画、一九九七年、四—九頁。

リトナー、キャロル・マイヤーズ、サンドラ『ユダヤ人を命がけで救った人びと』倉野雅子訳、河出書房新社、二〇一九年。

第九章　ポスト・ホロコースト映画としての『愛を読むひと』

伊達雅彦

1　はじめに

ホロコースト映画と一口に言っても、その内容は多岐に渡る。このジャンルの初期作品群は、直接的に被虐のユダヤ人を描くものが傾向的には多かった。アラン・レネ監督の記録映画『夜と霧』(*Nuit et brouillard* 一九五六)、ジョージ・スティーヴンス監督の『アンネの日記』等の五〇年代に製作されたホロコースト映画がその嚆矢と言える。またそれらと並んでしばしば言及されるのがマーヴィン・チョムスキー監督のテレビ用映画『ホロコースト——戦争と家族』(*Holocaust* 一九七八)である。アメリカでは、この作品を通してホロコーストという歴史的事実を再認識した人も多かったと言われている。そして、一九九三年、このジャンルに金字塔が打ち立てられる。スティーヴン・スピルバーグ監督による『シンドラーのリスト』(*Schindler's List*)である。その年の第六六回アカデミー賞では十二部門にノミネートされ、作品賞、監督賞を含む七つの部門でオスカーを獲得し、このジャンルの頂点を極めた。

以後、『シンドラーのリスト』はホロコースト映画の代名詞のように語られる機会が多くなったのは周知の通りである。しかし、そのために後続のホロコースト映画が常に『シンドラーのリスト』との比較を免れ得ないため、製作側としてはホロコースト映画がある意味「作りづらくなった」のもまた確かなのではないだろうか。実際『シンドラーのリスト』以後、直接的にナチスの強制収容所におけるユダヤ人を描く作品はほとんど製作されていない。つまり、『シンドラーのリスト』を経て、ホロコースト映画は以後、様々な視座を模索し続ける結果となった。ユダヤ系監督として同胞の悲劇をスクリーン上に再現したスピルバーグは、この作品で自らに監督賞をもたらしただけでなく、結果的にホロコースト映画全体に多様化の契機を持ち込み、新たな潮流を生み出したのである。

近年、特に二十一世紀に入ってからは、ホロコーストの「その後」を描く作品が増えてきた。ホロコーストを直截的には描かないため、厳密に言えば「ポスト・ホロコースト映画」、あるいは「ホロコースト関連映画」とでも呼ぶべき類の作品群である。誤解を恐れず三つに分類すれば、一つ目はホロコースト期の未だ知られざるエピソードを再現的に描いた実話ベース型作品、また、二つ目は「戦犯」たるドイツの自己検証・自己反省型作品、そして、三つ目はナチス残党の「その後」を追った作品である。もちろん、このようなカテゴライズに合致しない作品もあるし、その境界が判然としない場合もある。また複数の領域を横断する複合的視点を持った作品も散見される。

本論で扱う『愛を読むひと』(*The Reader* 二〇〇八)も、ホロコーストを欠くべからざる重要な背景としつつも、ホロコーストを直接には扱わず、別角度からその暗い影に飲み込まれていく人々を描いた作品である。

2　マイケルとハンナ ― ドイツの「現在」と「暗黒時代」

『愛を読むひと』は、舞台演出で名を馳せ『リトル・ダンサー』(*Billy Elliot* 二〇〇〇)で映画人としてのキャリアをスタートさせたスティーブン・ダルドリー(Stephen Daldry 一九六一―)が監督を務めた作品である。第八一回アカデミー賞では、作品賞・監督賞・主演女優賞・脚色賞・撮影賞と五部門にノミネートされた。惜しくも作品賞・監督賞は逃したものの、ケイト・ウィンスレットに主演女優賞をもたらしている。ホロコースト映画は近年複数の国による合作が多いが、本作もアメリカとドイツの合作である。

物語は一九九五年のドイツ、ベルリンで幕を開け、その直後、一九五八年の西ドイツ、ノイシュタットに飛ぶ。作品内の現実で三十七年間にわたる物語だが、ケイト・ウィンスレット演じる主人公の一人ハンナ・シュミッツがナチスの軍務に就いていた過去の時間も含めると半世紀に渡る物語となる。もう一人の主人公マイケル・バーグは一九五八年時点で十五歳になり、三十六歳の「大人の女性」ハンナと出会う。『愛を読むひと』は、こうした年齢が大きく離れた男女の「愛の物語」に、時空を超えてホロコーストが暗い影を落とす様子を描いている。

マイケルとハンナを隔てるのは性差や年齢差だけではない。彼らは社会的地位も身分もあらゆる点で大きく異なっている。これは後述するようにホロコーストという歴史的事象を異なる視座から捉えるための設定と思われる。それ故、この「出会うはずのない」二人の出会いは奇跡的なものとして描かれる。ある日、マイケルは電車の中で体調を崩す。途中下車し路傍で嘔吐するマイケルに手を差し伸べたのが偶然通りかかった近所に住むハンナだった。路上の吐瀉物を洗い流し、介抱後、彼女はマイケルを自宅に送り届ける。赤の他人の吐瀉物を淡々と手際よく片付けるハンナの姿は、彼女の誠実さや優しさを映画の冒頭で観る者に印象づける。また同時に、そうした汚物に全く動じず、機械的に処理するその姿には医療従事者的な雰囲気が漂う。後に判明する通り、彼女は医者でも看護師でもなく、ホロコースト下の強制収容所で任務に就いていた元ナチスの看守だった。こうして戦後ドイツの「現在」を生きるマイケルは、思わぬ形でドイツの過去、その「暗黒時代」を背負ったハンナと出会う。

この邂逅を通じ、その年齢差にもかかわらず二人は関係性を深めていく。物語は三人称視点だがマイケル側から描かれるため、ハンナはどこか「ミステリアスな大人の女性」であり続ける。健康を取り戻すとマイケルは頻繁にハンナのアパートを訪れ、ほどなく性的関係を持ち、やがて二人で自転車旅行に出かけるほどの仲になる。とりわけ、この二人の関係に特徴的なのが「朗読」である。

ハンナがマイケルに初めて朗読させたのは偶然マイケルが持っていたG・E・レッシングの『エミーリア・ガロッティ』だった。その後はホメロスの『オデュッセイア』やマーク・トウェインの『ハックルベリー・フィンの冒険』、D・H・ロレンスの『チャタレイ夫人の恋人』、チェーホフの『犬を連れた奥さん』などを、マイケルはハンナに乞われて朗読する。そして物語の後半部では、この朗読が二人の関係性を象徴する行為になっていく。

3 「元ナチスの裁判」と「元恋人の裁判」

ハンナの職業は、市内を走る路面電車の車掌だが、その勤務態度は良好であり、その結果、彼女は昇進を果たす。作中、ハンナはナチス親衛隊に入る前、シーメンス社工場での勤務経験があるとされ、そこでの昇進も言及されている。ハンナの勤勉さや実直さは随所で意図的に強調される。また彼女が元ナチスの看守であったことが判明してからは、この車掌の制服がナチスの軍服を想起させ「ナチスの看守ハンナ」が眼前に立ち現れる。ハンナの看守時代の映像が劇中一度もフラッシュバック的に挿入されないのは「車掌の制服」が代替しているからであろう。

ハンナの昇進は、車掌から事務職への配置転換だった。だが、ハンナにとって事務作業は拷問的で「不可能な作業」に他ならなかった。なぜなら彼女は文盲(非識字者)だったからである。ハンナの設定として最も注目すべきは、この文盲という要素だ。マイケルは後年、この事実に思い当たる。

そしてなぜ彼女が日常的に彼に朗読をさせたのか、なぜ旅行先の店で自分ではメニューを読まずにマイケルに注文を頼んだのか、その理由にようやく合点がいく。識字能力の欠如は、ハンナが恵まれない幼少期を過ごしたことの裏返しであり、家庭教育および学校教育の欠如を明瞭に物語っている(1)。

昇進の直後、ハンナは職場からも、そしてマイケルの日常からも突如姿を消す。物語としては、このハンナの失踪とマイケルの困惑までを導入とする構成である。そしてその数年後、マイケルは思いもよらない形でハンナとの再会を果たす。ハイデルベルク大学に入学したマイケルは一九六六年、法科のロール教授が主催する特別ゼミに入る。教授指定のリーディング・リストの筆頭にカール・ヤスパースの『責罪論』(*Die Schuldfrage* 一九四六)が挙げられていることからも分かるように、このゼミは第二次世界大戦後のドイツ人の贖罪意識を主たる研究対象に挙げている。初回ガイダンスの際、大きな階段教室にいた学生たちのほとんどが興味を示さず退室し、マイケルを含んだ僅か五人しか残らない。これは、戦後ドイツの法科の学生ですら、その多くはナチズムやホロコーストの問題に無関心だったことの表れだろう。

ある時、ロールと共にマイケル達ゼミ生はナチスの戦犯裁判を傍聴するため法廷に足を運ぶ。裁判所には多くの人が詰めかけ、周囲はデモ隊と警察で騒然とし、注目度の高い裁判であることが分かる。廷内に入ると、マイケルは被告人席にハンナを発見する。法廷ではハンナに関する次のような事実が確認される。ハーマンシュタット出身、一九二二年一〇月二一日生まれの現在四十三歳、一九四三年にナチス親衛隊に入隊、それ以前はシーメンス社の工場勤務、その後、ナチスの看守募集に自らの意志で応募した等である。さらに最初の勤務地がアウシュヴィッツで一九四四年まで勤務し、その後クラクフの収容所に異動、終戦間際に「死の行進」にも関与したという。こうしてマイケルはかつての恋人の過去に向き合うと同時に、母国の過去をも正視し、その現実と対峙しなくてはならなくなる。

傍聴後、ロールに感想を問われた学生の一人は裁判を「正義の裁き」と断言する一方、マイケルは苦悩の表情で「分からない」と答える。彼にとってこの裁判は「元ナチスの裁判」であると同時に「元恋人の裁判」なのである。ロールは語る。「アウシュヴィッツで働いていた事実だけでは罪にはならない。当時は八千人もの人間がアウシュヴィッツで働いていた。だが今まで有罪判決を受けたのは十九人、そのうち殺人罪に問われたのは六人。殺人罪は意図を立証しなくてはならない。問題は〈悪いことか〉ではなく〈合法だったか〉だ。それも現行法ではなく、その時代の法を基準としてだ」と。『愛を読むひと』は、ここに至って前述の分類で言えば、ナチス残党の「その後」を追った面と「戦犯」たるドイツの自己検証・自己反省を扱った面が混在する作品となってくる。

戦後、ドイツ国内で行われたナチス戦犯の裁判でつとに有名なものの一つに、一九六三年一二月、フランクフルトで開廷したフランクフルト・アウシュビッツ裁判がある。この裁判の訴追側の中心人物が検事長フリッツ・バウアーだ。ドイツでは二〇一五年と二〇一六年に彼を描いた映画が立て続けに製作された。ラース・クラウメ監督の『アイヒマンを追え！　ナチスがもっとも畏れた男』

(*Der Staat gegen Fritz Bauer* 二〇一五)とステファン・ワグナー監督の『検事フリッツ・バウアーナチスを追い詰めた男』(*Die Akte General* 二〇一六)である。また、他にもこの裁判に至る過程を描いた作品としてジュリオ・リッチャレッリ監督作『顔のないヒトラーたち』(*Im Labyrinth des Schweigens* 二〇一四)がある。この作品もまた二〇一〇年代に製作されたものであり、この時期のドイツ映画はホロコーストやナチズムに対し再検証的な目を積極的に向けていると言えるだろう。

4　ナチス残党と高齢化問題

こうしたドイツのホロコーストに対する自己清算的な裁判は現在も続いている。いくつか例を挙げよう。CNNによると、二〇二三年九月一日、ドイツ西部ギーセンの検察当局は、元ナチスの男を殺人幇助罪で起訴したと発表した。その男は一九四三年七月から四五年二月まで、ベルリン北部のザクセンハウゼン強制収容所(アウシュヴィッツ強制収容所所長として悪名高いルドルフ・ヘスが副所長として過ごした)で看守を務めていたという。この収容所は、一九三六年の開所から一九四五年の閉鎖までユダヤ人や政治犯等、延べ約二十万人を収容し、半分の約十万人を殺害した。起訴された男の罪状は三千三百人以上の殺害に関与した「殺人幇助罪」で、「収容者数千人の冷酷かつ陰湿な殺人を幇助した」罪に問われた。ドイツでは二〇一一年の元ナチスの戦犯裁判において、戦時中、強制収容所で看守として勤務していた事実が証明されれば殺人幇助罪が適用できるとの判断が下された。その結果、こうした元ナチス看守に対する起訴が近年相次ぎ、二〇二二年には同じザクセンハウゼン強制収容所の元看守だった百一歳の男が、殺人幇助及び教唆の罪で有罪判決を受け禁固五年を言い渡されている。これらの裁判の問題点としては、被告の高齢化がある。ギーセンの検察に起訴された男も年齢は九十八歳とかなりの高齢者である。ただし、男がザクセンハウゼン強制収容所で軍務に就いていた当時は十八歳だったため少年裁判となり、少年法によって裁かれる。

先述の分類でも挙げた「ナチスの残党(狩り)」を題材にした映画は、振り返れば以前から既にいくつか製作されている。古いもので言えば一九四〇年代、戦後まもなくオーソン・ウェルズが主演、監督も務めた『ザ・ストレンジャー』(*The Stranger* 一九四六)がある。その後、七〇年代にはロナルド・ニーム監督作『オデッサファイル』(*The Odessa File* 一九七四)やジョン・シュレジンジャー監督作『マラソンマン』(*Marathon Man* 一九七六)、九〇年代にはブライアン・シンガー監督作『ゴールデンボーイ』(*Apt Pupil* 一九九八)等が公開されてきた。これらの作品は、ナチス残党を断定的に「戦犯＝悪」と見なし、ナチズムの犯罪性を利用しているためクリミナル・サスペンス系やサイコ・サスペンス系のジャンルに比較的安易に組み込まれているように見える。

しかし、近年の「ナチスの残党」を扱った作品、例えば『きっとここが帰る場所』(*This Must Be the Place* 二〇一一)や『手紙は憶えている』(*Remember* 二〇一五)になると様相は大きく変化する。前者はダブリンに暮らす元ロックスターのユダヤ人シャイアンの物語である。長年、絶縁状態だった父親の他界後、彼はホロコースト・サバイバーだった父親が、かつて収容所で自分を「辱めた」

元ナチス親衛隊の男ランゲを執拗に探していた事実を知る。彼は父に代わって探索と復讐の旅に出て、ついにランゲを発見する。だが、ランゲは九十五歳の老人となり「残虐なナチス」の面影は既にない。そして父が受けた「辱め」の正体が、ランゲに「犬をけしかけられ小便を漏らした」程度のことと知ると、シャイアンはランゲを全裸にして雪原に放り出すだけの「復讐」に留める。寒風吹きすさぶ雪原に立たされた九十五歳の元ナチスの裸体は腰が曲がり骨と皮ばかりになった貧相なもので、それは、むしろ強制収容所のユダヤ人の哀れな姿を想起させた。アイロニカルであり、シャイアンにとっても決して溜飲が下がる結末ではないことに注意が必要だろう。

また『手紙は憶えている』の場合、「ナチスの残党狩り」の物語は一層複雑になる。主人公のユダヤ人ゼヴは、介護施設で暮らす九十歳の高齢者である。ホロコースト・サバイバーで腕には収容所の囚人番号の入れ墨がある。今は認知症が進行し、最愛の妻が他界した事すら忘れてしまう状態だった。ある時、ゼヴは同じユダヤ系の友人マックスから一通の手紙を受け取る。手紙には二人の家族を殺害したナチス残党の情報が記されており、ゼヴはその情報を頼りに復讐の旅に出る。元ナチスの男の本名は「オットー・ヴァリッシュ」と言ったが、現在は「ルディ・コランダー」として生きているという。紆余曲折を経て、ゼヴは遂に「ルディ・コランダー／オットー・ヴァリッシュ」を発見し銃口を向ける。しかし、当の「ルディ・コランダー」は、自分は「クニベルト・シュトルム」であると主張、ゼヴこそが「オットー・ヴァリッシュだ」と明言する。実は、ゼヴはユダヤ人ではなくドイツ人であり、クニベルト・シュトルムと共に戦後、アメリカに逃亡、腕に偽装用入れ墨を入れユダヤ人に成りすまして生きてきたのだった。つまり、ゼヴは認知症のために自分の正体を忘れていたのだ。元ナチスによるナチス残党狩りという「どんでん返し」的物語であり、そのカギになっているのがやはり「認知症」に代表される「高齢者」という要素である。

同じナチスの残党を扱う作品であっても、二〇〇〇年代に入ってからの作品とそれ以前の作品とでは、このように彼らの高齢化に連動した形で作品に影響が及んでいると言ってよい。「ホロコースト・サバイバー」だけでなく、表裏の関係として「ナチスの残党」も当然高齢化しており、近い将来、「ホロコースト・サバイバー」も「ナチスの残党」もこの現実世界からは全員が退場する。ホロコーストの被害者・加害者の一次的な記憶も、この世界から消滅する運命であり、ホロコーストを巡る裁判も当事者不在となっていく。

5　ハンナの覚悟、マイケルの選択

ハンナとマイケルに「二十一年」もの年齢差があるのは、おそらくこうしたホロコーストを巡る「記憶の継承物語」を特別な形で成立させるためだろう。親子ほどの年齢差があってこそ、ホロコーストという過去の歴史的事実を違う角度から照射できるからである。もちろん、先述の通り、いわゆる「年の差カップル」による特殊で官能的な「愛の物語」を同時並行的に紡ぎ出すことも可能で、そうした意味でも効果的と言える。

裁判の傍聴を通して、マイケルは「ナチス残党」としての「かつての恋人ハンナ」の過去の姿を知っていく。裁判には途中からユダヤ人のホロコースト・サバイバー、イラーナ・マーサとその母親が証人として出廷する。この母娘は強制収容所に共に収監された経験を持ち、マーサは収容所における「選別プロセス」を証言した。彼女に依れば、各地の収容所から毎月六十人の囚人が選別されてアウシュヴィッツに送られ、ハンナ達看守もその選別に携わったという。ハンナ以外の五人の元看守は選別への関与を否認するも、ハンナは、その事実を躊躇なく平然と認める。マイケルはもちろん、ハンナの弁護士も、そして裁判長までもが唖然とし驚きを隠せない。だが、ハンナは、それは看守としての「仕事」だったとして臆する様子も見せないのである。

アウシュヴィッツへの送致はユダヤ人にとって取りも直さず「死」を意味した。当のハンナ自身もそれは認識しており、彼女はいわゆる「未必の故意」の状態にあったと言える。だが、「昇進」の事実が示唆するように、彼女は自分に与えられた「仕事」を、ただ忠実に遂行していただけなのである。ルドルフ・ヘスの手記を映画化した『ヒトラー 最後の代理人』(*The Interrogation* 二〇一六)において、ヘス自身も「任務のことだけ考え、感情は押し殺して」職務を果たしていたと語っている。ハンナは職責として、次々と送致されてくる新しいユダヤ人を円滑に収容するためには、既収容者を遅滞なく選別し是非もなくアウシュヴィッツに移送しなければならなかった状況を説明する。「死の選別」の非道さを裁判長に糾弾されるものの、ハンナは「あなただったらどうしましたか」と逆に問い掛ける。この彼女の問いこそがこの作品の社会的メッセージの中核を成すものだろう。裁判長を含め誰一人ハンナの質問には答えられない。

六十人の選別は、六人の看守が一人十人を選定していたと証言するハンナだったが、他の五人は全員がその事実を否認する。だが、イラーナ・マーサは、六人全員が選別に関わっていた事実を暴露し、そして特別に「ハンナだけは知的で人間味があった」と付言する。イラーナは、ハンナが若い女性の囚人を夜な夜な自分の部屋に呼び入れて「朗読」をさせていたこと、選別したのが老人や病弱の囚人ばかりで、それは「未来のある」若い囚人をアウシュヴィッツ行きから守っている「親切心」にも見えた、とも証言する。

公判は進み、イラーナの母親が証言台に立ち、一九四五年冬の「死の行進」に関する証言を行う。ある夜、宿泊先の村の教会が爆撃され火事になった際、囚人の逃亡阻止の目的で看守が施錠を解かず約三百人ものユダヤ人が焼死してしまう。他の五人の元看守たちはハンナが責任者であるとし、報告書もハンナが書いたと共謀し偽証する。誰が書いたのかを判別するため筆跡鑑定を裁判官が指示するものの、ハンナは文盲が発覚するのを恐れ自分が書いたと虚偽の自白を行う。

裁判後、ハンナが文盲である事実を白日の下に晒そうか否かと逡巡するマイケルを見てロールは「君たち若い世代が動かなければ意味がない」と諭し、収監先にハンナを訪ねるよう背中を押す。しかし、ハンナが文盲を恥じていることを知っているマイケルは、極刑判決をも辞さない覚悟でその事実を隠そうとしている彼女の気持ちを尊重し、秘密を明かさないことを選択する。結果、ハンナ以外の五人の元看守に四年三ヶ月の懲役刑、ハンナには無期懲役刑の判決が言い渡される。

6　元ナチスの最期とユダヤの反応

作品の場面は、裁判から十年後の一九七六年の西ドイツ、故郷ノイシュタットに戻る。二人が出会ってから十八年もの歳月が流れた。ハンナは五十四歳、マイケルは三十三歳で弁護士になっている。映画の配役として、ここからマイケル役は、デヴィッド・クロスからレイフ・ファインズに切り替わり、文字通りマイケルは「人が変わった」というほどに人間的に変貌を遂げる。かつての明朗快活な十五歳の少年は姿を消し、ホロコーストやドイツ人の罪悪感と長年対峙してきた中年の男がそこにいた。暗鬱で厳しい表情は、精神的疲労や贖罪意識のためだろう。彼が「弁護士」になったのも、どこかでハンナの罪を弁護し、共に背負おうとした結果なのかもしれない。妻ガートルードが「検事」であることも語られるが、同時に離婚が目前であることも明かされる。この「弁護士」と「検事」の夫婦には、娘が一人いるものの鎹にはならない。罪に対するマイケル夫妻のスタンスの違いはこの職業に端的に表れている。看守だったハンナを通して女性との愛情関係を初めて体験するマイケルは、ある意味ハンナに「囚われる」。結果として、彼女に負わされた戦犯の十字架は、マイケルの人生にも重くのしかかる。

マイケルは実家の自室でかつてハンナに読んだ本を見つけると、それを朗読してテープに吹き込み収監中のハンナに送り始める。チェーホフの『犬を連れた奥さん』が吹き込まれたマイケルからの朗読テープと再生機を送られたハンナは当惑するが、やがてテープの音声と原作を照合し文字を独学し始める。朗読が再びハンナとマイケルの絆を呼び起こす。ハンナは『犬を連れた奥さん』を借り出すために刑務所内の図書館に足を運ぶが、図書館は文盲だった彼女には最も無縁な空間だったはずだ。濡れ衣を着せられ、無期懲役に処せられてもなお文盲である事実を隠蔽したかったハンナにとって、字が読めるようになることは新しい世界への挑戦に他ならず、彼女は不自由な刑務所内で自由な世界の扉を開けたのである。

一九八〇年のある日、マイケルの元にハンナから自筆の手紙が届く(2)。マイケルがテープを送り始めて既に四年が経過しており、ハンナの努力の痕跡をマイケルはその筆跡に認める。マイケルとハンナの朗読テープによる交流はその後も続き、彼女の識字能力は徐々に上がっていく。八年が経過した一九八八年、無期懲役だったハンナに仮釈放の許可が下りて、マイケルは身元引受人を依頼される。ハンナの仕事と住居を用意した上で、出所の一週間前、刑務所に足を運んだマイケルはそこでハンナと久々の再会を果たす。だが、出所当日、ハンナは自分の独房で縊死する。足場の高さを補うためにハンナが踏み台として使ったのが彼女の書棚に並んでいた本だった。今までハンナには何の役にも立たなかった本だが、識字能力を得ることで、皮肉にも別の用途で役立ったことになる。

ハンナの自殺は、出所してもマイケルの重荷になることをハンナが悟ったからだろう。出所の意思がなかったことは、独房における荷造り等の退去準備が全くなされていないことからも明白だった。字が書けるようになったハンナは、マイケルに返事をくれるように手紙を書くが、マイケルは決して返事を書かない。また再会時に見せたマイケルの表情やしぐさからハンナはかつてのマイケルが失われたことを知る。マイケルを「坊や（Kid）」と出会った頃の呼び方をするハンナだが、彼女にはマイケルに与えられるものは既に無く、在りし日の関係はもはや望むべくもなかった。そして、何よりもナチスの看守として多くの人間を死地に送り込んだ自覚ゆえに、自分の幸福な結末を赦さなかったのだろう。

ハンナの死後、その遺志によって彼女の残した七千マルク（約五十〜六十万円）の預金は全額がイラーナ・マーサに遺贈された。マイケルが代理人として渡米、イラーナと面会する。画面に映じられる彼女の広々とした立派な部屋にはメノーラー（ユダヤ教の燭台）が飾られており、ホロコースト・サバイバーであるユダヤ人がアメリカで社会的成功を収めたことを如実に物語る。また彼女の母親がその後、イスラエルで亡くなったエピードも挿入され、ホロコースト後のユダヤ人のひとつの典型が提示される。

マイケルはハンナが文盲であったこと、ハンナの自殺の経緯と遺志を説明するが、イラーナはユダヤ人としての執念、つまりナチスを断罪する態度を崩さない。「収容所からは何も生まれない」とイラーナは冷たく言い放つ。話し合いによってハンナの預金は識字率向上に携わる団体にハンナ名義で寄付することになる。ホロコースト関連のユダヤ系団体に寄付する案をマイケルは提案するが、イラーナはそれではナチスの罪を赦したように見えるという理由から却下する。

実際、アメリカの代表的なユダヤ系人権団体でありアメリカの政治にも影響力を持つサイモン・

ヴィーゼンタール・センター(Simon Wiesenthal Center)は、「時が過ぎたからと言って彼らの罪が減るわけではない」として、今なお報奨金を提示しナチスの残党狩りを行っている。マイケルも苦悩するように看守時代のハンナの罪はどのような贖罪を経ても消えはしない。マイケルが刑務所で面会した際、ハンナ自身もどのような思想に立脚しようともホロコーストで非業の死を遂げた犠牲者たちが「生き返ることはない」と語っている。マイケルがハンナの過去の罪を認識すればするほど、ハンナに対する愛情は複雑化し、その行き場を失っていく。

マイケルは大学生になりハンナの裁判を傍聴するまでは、ホロコーストとは無縁の平穏な生活を送っていた。だが、彼のこの「平穏」は、実は彼と彼の父親の関係性に起因する。カーク・ハニーカット(Kirk Honeycutt)は、その映画評の中で「なぜマイケルは父親に戦時中の事を質問しないのか」という疑問を呈しているが、マイケル父子はおそらく断絶しているのだ。作品の後半にマイケルが父親の葬儀に参列しなかったことを老母から叱責される場面があるが、それがその証左である。マイケルの父親は、戦争のことを子供たちに語らない人間だった。おそらく彼はあまりにも戦中派であるためにドイツの戦争を正確に語る言葉を持ち合わせなかったのだろう。しかし、マイケルはかつて少年時代に恋に落ちた女性がナチスの看守であったことから、父親との断絶があっても、ハンナを通じてホロコーストをより現実的な事象、皮膚感覚で認識できる事象として捉えていた。マイケルは、ドイツの戦争を直視できず、ハンナのように正直で誠意のある優しいドイツ人を結局は見殺しにした父親世代の人間が赦せなかったのだ。ホロコーストを拡大させ、ユダヤ人のみならず同胞ドイツ人すらも犠牲にした父親世代に冷徹な眼差しを向ける役割をマイケルは負っている。

7　おわりに

物語の最終場面は一九九五年である。二〇〇八年に公開された映画にとってそれはまだ同時代、すなわち「今」と呼べるだろう。マイケルは成人した娘を連れてハンナの墓参りをする。彼がハンナを埋葬したのは彼女と自転車旅行をした時に立ち寄った田舎の名もなき小さな教会だった。そして、彼がハンナのことを自ら訥々と娘に語り始めるところで物語は終わる。それは言うまでもなくホロコーストの記憶を語る行為であるが、多くのホロコースト映画がユダヤ人の記憶の継承を描くのに対し、『愛を読むひと』の場合、それは「加害者ドイツ」側の記憶の継承なのである。（ポスト・）ホロコースト映画は、人間の悪魔的な一面を照らし「邪悪な物語」を明るみに出す一方で、その残虐さに抗うかのような人間の善性に支えられた「愛の物語」も同時に生み出してきた。『あの日あの時愛の記憶』(*Die verlorene Zeit; Remembrance* 二〇一一）のような驚くべき実話ベースの作品もある。

『愛を読むひと』は、ハンナとマイケルの「愛の物語」であると同時に、ドイツ人ですらナチズムと表裏になったホロコーストの惨禍に飲まれていく様子を描いたポスト・ホロコースト作品と言ってよいだろう。時が経ちホロコーストが過去のものになっていく時、その記憶は日々確実に薄らいでいく。先述の通り、ホロコースト・サバイバーの数は年々減り続け、いつかどこかの地点で、この世界に存在しなくなる。ユダヤの側からもドイツの側からもホロコーストの記憶を継承していくことで、それは複眼的作業になり、結果、そこにはより立体的で客観的なホロコースト像が立ち現れるはずである。

註

(1) 西部邁は、ハンナはドイツ人ではなくロマ(ジプシー)であるが故に文盲だったのではないかと語っている。「映画『愛を読むひと』(The Reader)について西部邁氏の見解」https://www.youtube.com/watch?v=or82_AMuJjw

(2) 本作は、ドイツ人が主人公で舞台もドイツだが、使用言語は英語である。ここでハンナが読む『犬を連れた奥さん』も英語版であり、彼女が手紙に書く文字も英語である。主人公ハンナを演じるケイト・ウィンスレットも、マイケルを演じるレイフ・ファインズもイギリス人俳優であり、ドイツ人ではない。米独の合作とは言え本作は観客の目にはおそらくドイツ映画というよりは英語圏の映画として映るだろう。

引用・参考文献

Berenbaum, Michael. *The World Must Know: The History of the Holocaust as Told in the United States Holocaust Memorial Museum.* Boston: Little, Brown and Company, 1993.『ホロコースト全史』芝健介日本語版監修、石川順子・高橋宏訳、創元社、二〇〇五年。

Berger, Alan L. and Gloria L. Cronin, eds. *Jewish American and Holocaust Literature: Representation in the postmodern.* Albany: State University of New York Press, 2004.

Dargis, Manohla. "Innocence Is Lost in Postwar Germany." *The New York Times*, Dec. 9, 2008. https://www.nytimes.com/2008/12/10/movies/10read.html

Doneson, Judith E. *The Holocaust in American Film.* New York: Syracuse University Press, 2002.

Honeycutt, Kirk. "*The Reader:* Film Review." *The Hollywood Reporter*. Nov. 30, 2008. https://www.hollywoodreporter.com/movies/movie-reviews/reader-review-2008-movie-125129/
Kerner, Aaron. *Film and the Holocaust*. New York: The Continuum International Publishing Group, 2011.
Sicher, Efraim. *The Holocaust*. New York: Routledge, 2005.
カール・ヤスパース『責罪論』橋本文夫訳、理想社、一九八二年。
ベルンハルト・シュリンク『朗読者』松永美穂訳、新潮社、二〇〇〇年。

DVD

『アイヒマンを追え！　ナチスがもっとも畏れた男』アルバトロス、二〇一七年。

『愛を読むひと』20世紀フォックス・ホーム・エンターテイメント・ジャパン、二〇一〇年。

『あの日あの時愛の記憶』アルバトロス、二〇一三年。

『アンネの日記』20世紀フォックス・ホーム・エンターテインメント・ジャパン、二〇〇七年。

『オデッサファイル』ソニー・ピクチャーズエンタテインメント、二〇一五年。

『顔のないヒトラーたち』TCエンタテインメント、二〇一六年。

『きっとここが帰る場所』角川書店、二〇一二年。

『検事フリッツ・バウアー』トランスフォーマー、二〇一六年。

『ゴールデンボーイ』パイオニアLDC、二〇〇二年。

『ザ・ストレンジャー』アイ・ヴィ・シー、二〇一一年。

『シンドラーのリスト』ユニバーサル・ピクチャーズ・ジャパン、二〇〇四年。

『手紙は憶えている』ポニーキャニオン、二〇一七年。

『ヒトラー　最後の代理人』Happinet、二〇一七年。

『ホロコースト―戦争と家族』ポニーキャニオン、二〇一〇年。

『マラソンマン』パラマウント・ホーム・エンタテインメント・ジャパン、二〇一〇年。

『夜と霧』アイ・ヴィ・シー、二〇〇七年。

あとがき

本書は日本ユダヤ系作家研究会の二〇二三年度活動成果の一部である。本研究会は、年間二回開催の定例研究会・講演会及び年一回発行の機関誌『シュレミール』を足場とした研究活動を行っている他、本書のような共著企画を同時並行的に進めている。総勢三十二人と学会としては小柄ながらも「ユダヤ系文学」という巨人を相手に日々戦いを挑んでいる(多少大袈裟)。今回の共著企画のテーマは「ホロコースト」。二〇一六年に『ホロコーストとユーモア精神』を上梓して以来八年ぶりの「ホロコースト」企画であり、いわば第二ラウンドである。前回は「ユーモア精神」を携えての挑戦だったが、今回は「愛の物語」がキーワード的橋頭保である。人類史上比類なき悲劇であるホロコーストに「愛の物語」というカウンターパンチで挑んだタフなラウンドだったと言えるだろう。無論、「愛」と言っても男女のそれに限らず、兄弟愛、親子愛、家族愛、同胞愛、人類愛など、その形態や位相は様々である。(LGBTQ等のセクシャリティをも考慮すれば、その様相は一層複雑化し「愛」を厳密に定義するのはほぼ不可能に近い。)「愛」という一見シンプルであるがゆえに、間口の広いワードから「ホロコースト」というメイン・テーマにどのように論を「寄せるか」

がポイントになるだろうことは誰しもが容易に想像できた。

本企画の素案リストが広瀬佳司会長より示されたのが二〇二三年二月九日、前回の共著企画『父と息子の物語　ユダヤ系作家の世界』の初校ゲラの校正作業の真っ只中だった。リストの中核を成していたのは「ホロコースト」だったが、中には非ホロコースト系テーマ、例えば「殺害された言語―イディッシュ語の意味」も見受けられた。ただそれを選択すると、文学というよりも言語的な内容に偏るのではないかとの心配もあり、また「読者にとっての親しみ易さ」の観点から今回は見送った。ホロコーストと対峙させるキーワードとして「ユダヤ教」や「修復の思想」等のユダヤ性の濃いものも俎上に乗せられてはいたが、広瀬会長が常々指摘するように「我々は文学研究者であり、宗教家や歴史家ではない」というスタンスを改めて意識し「文学研究」への軸足を見失わないよう心掛けた。「愛の物語」を選択した理由の一部もそこにある。

関連する作品リストを作成し、モデルケースを準備し、広瀬会長の出版趣意書を添えた企画書を会員に示したのが同二月一四日、粋なバレンタインデーの贈り物となった(のかどうかは分からない)。同三月一八日(土)に岡山で開催された第三十九回研究会・講演会で改めて企画案が提示・承認され、同三月末日までに執筆参加の意思表示をした会員が今回の執筆陣となった。締め切りは一年後の二〇二四年三月末日、キッカリ三六五日、八七六〇時間の持ち時間で執筆者各自がホロコースト企画第二ラウンドに突入する。圧勝、大勝、楽勝、完勝、快勝、辛勝、引き分け、惜敗、惨敗、完敗、大敗と脱稿後に執筆者それぞれの胸を過った自己判定は、謙遜と自負を経て様々と推測するが、真の判定者は読者諸賢であることは言うまでもない。どのみち文学研究の成果に、勝ち負けがあるとは到底思えないが、仮に勝ち負けがあったとしても、本研究会としては、全てを反省材料にして来るべき第三ラウンドに備えるだけである。

「悲惨」「絶望」「残虐」「史上最悪」といったネガティヴな言葉と並置されることの多いホロコーストは「暗鬱な物語」で埋め尽くされているように見える。しかし、それ故に、あるいは、それだからこそ、そこには漆黒の闇に差す一条の光的な「愛の物語」も逆説的に存在する。オスカー・シンドラーに限らず、ホロコーストの嵐が吹き荒れた時代、自らの命の危険を顧みずナチス・ドイツからユダヤ人を守った非ユダヤの人々が現実に存在した。それも少なからずいたのである。戦後、ユダヤ人は彼らを「諸国民の中の正義の人」あるいは「正義の異邦人」と呼び賞賛し感謝の意を表した。当然のことながら、そうしたユダヤ人救助の物語は、『シンドラーのリスト』と同じ博愛の物語の性質を帯びている。筆者は以前、前述の『シュレミール』二〇二一年第二〇号に「二つの『ユダヤ人を救った動物園』」という駄文を投稿する際、その時点での「諸国民の中の正義の人」の数を確認した。イスラエルのヤド・バシェム(ホロコースト記念館)のホームページに掲載されていたその総数は「二〇二〇年一月現在」で、二七、七一二名だった。現在(二〇二四年三月二一日)、その同じ部分には、二八、二一七名という数字が入っている。ここ最近の四年間で五〇〇名以上増えている。つまり、博愛の物語も五百以上、増えたことになる。内訳は、ポーランドが七、二三二名、オランダが五、九八二名、フランスが四、二〇六名、ウクライナが二、六九一名、ベルギーが一、七八七名と、これらがトップ5で、この合計が二一、八九八名である。総合計に占める割合が七十八パーセントとなり、「諸国民の中の正義の人」の約八割を占める。シンドラーをも含んだドイツ人の「諸国民の中の正義の人」も六五一名と思いのほか多い。敵対したドイツからも「諸国民の中の正義の人」は公正公平に選ばれている。

実話を基にしたクラウス・レーフレ監督の『ヒトラーを欺いた黄色い星』は、ホロコースト下で生き延びた実在のユダヤ人四人に焦点を当てたサバイバル・ドキュメンタリー映画である。主人公四人の内、実に三人がナチス・ドイツの反ユダヤ主義に抵抗を示したドイツ人に匿われて潜伏生活を送り生き延びている。その中のひとりルーン・アルントは、ドイツ人に成りすまし、ドイツ人ヴェーレンの邸宅でメイドの仕事に就く。ヴェーレンは彼女がユダヤ人であることを認識しつつ見て見ぬふりをして雇い続けるが、驚くことに彼はナチス親衛隊の大佐だった。「ホロコースト」と「ナチス・ドイツ」の組み合わせは、一般的には「悪」に染まったイメージだが、ユダヤ人の救助に奮闘した博愛精神を持った人道主義的なドイツ人もいたことを決して忘れてはならないだろう。ウクライナやパレスチナを巡る社会情勢の変化に伴いホロコーストが様々な意味合いで引き合いに出される昨今、本書が、ホロコーストをより客観的に、より冷静に、より俯瞰的に眺めるための一助になることを願ってやまない。

最後に、改めて本書の出版をご快諾頂いた彩流社の竹内淳夫会長及び河野和憲社長には厚く御礼を申し上げたい。河野社長には今回、直々に丁寧な編集をして頂き心より感謝の意を表したい。瀟洒な装幀の選定も河野社長のお陰である。本研究会としては、『ユダヤ系文学と「結婚」』から数えて八冊目となる彩流社からの出版である。

二〇二四年三月　春を待つ仙台にて

伊達雅彦

本研究会の過去の出版企画の成果としては次のようなものがある。

二〇〇九年『ユダヤ系文学の歴史と現在』（大阪教育図書）
二〇一二年『笑いとユーモアのユダヤ文学』（南雲堂）
二〇一三年『新イディッシュ語の喜び』（大阪教育図書）※翻訳
二〇一四年『ユダヤ系文学に見る教育の光と影』（大阪教育図書）
二〇一五年『ユダヤ系文学と「結婚」』（彩流社）
二〇一六年『ホロコーストとユーモア精神』（彩流社）
二〇一七年『ユダヤ系文学に見る聖と俗』（彩流社）
二〇一九年『ユダヤの記憶と伝統』（彩流社）
二〇二〇年『ジューイッシュ・コミュニティ』（彩流社）

二〇二二年『現代アメリカ社会のレイシズム　ユダヤと非ユダヤの確執・協力』（彩流社）
二〇二三年『父と息子の物語　ユダヤ系作家の世界』（彩流社）

執筆者紹介（掲載順）

広瀬佳司（ひろせ・よしじ）　関西大学客員教授　［編者］
著書：『中年男のオックスフォード留学奮戦記』（彩流社、2022年）、*Glimpses of a Unique Jewish Culture From a Japanese Perspective: Essays on Yiddish Language and Literature*（彩流社、2021年）、『ユダヤ世界に魅せられて』（彩流社、2015）、*Yiddish Tradition and Innovation in Modern Jewish Writers*（大阪教育図書、2011年）、*Shadows of Yiddish on Modern American Jewish Writers*（大阪教育図書、2005年）、*The Symbolic Meaning of Yiddish*（大阪教育図書、2002年）、『ユダヤ文学の巨匠たち』（関西書院、1993年）、『アウトサイダーを求めて』（旺史社、1990年）、『ジョージ・エリオット――悲劇的女性像』（千城出版、1989年）。共編著書：『父と息子の物語――ユダヤ系作家の世界』（彩流社、2023年）、『現代アメリカ社会のレイシズム』（彩流社、2022年）、『ジューイッシュ・コミュニティ』（彩流社、2020年）、『ユダヤの記憶と伝統』（彩流社、2019年）、『ユダヤ系文学に見る聖と俗』（彩流社、2017年）、『ホロコーストとユーモア精神』（彩流社、2016年）、『ユダヤ系文学と「結婚」』（彩流社、2015年）、『ユダヤ系文学に見る教育の光と影』（大阪教育図書、2014年）、『笑いとユーモアのユダヤ文学』（南雲堂、2012年）、『ユダヤ系文学の歴史と現在』（大阪教育図書、2009年）。訳書：『ヴィリー』（大阪教育図書、2007年）、『わが父アイザック・B・シンガー』（旺史社、1999年）。

風早由佳（かざはや・ゆか）　岡山県立大学准教授
共著書：『父と息子の物語――ユダヤ系作家の世界』（彩流社、2023年）、『アジア系トランスボーダー文学：アジア系アメリカ文学研究の新地平』（小鳥遊書房、2021年）、『ユダヤの記憶と伝統』（彩流社、2019年）、『ユダヤ系文学に見る聖と俗』（彩流社、2017年）、『ホロコーストとユーモア精神』（彩流社、2016年）。論文：「ユダヤ系アメリカ詩人の描く結婚：断髪と離婚に着目して」（『神戸英米論叢』第28号、2015年）、“Voice and Silence: An Analysis of Fred Wah’s Visual Poetry”（『ペルシカ』　第39号、2012年）、“An Analysis of Racial Solidarity in Lawson Inada’s Jazz Poetry”（『21世紀倫理創成研究』第5号、2012年）など。

佐川和茂（さがわ・かずしげ）　青山学院大学名誉教授
著書：『犬と生きる――ペロと過ごした日々』（大阪教育図書、2024年）、『ソール・ベローと修復の思想』（大阪教育図書、2023年）、『歌ひとすじに　日本の歌、ユダヤの歌』（大阪教育図書、2021年）、『「シュレミール」の20年　自己を掘り下げる試み』（大阪教育図書、2021年）、『文学で読むピーター・ドラッカー』（大阪教育図書、2021年）、『希望の灯よいつまでも　退職・透析の日々を生きて』（大阪教育図書、2020年）、『青春の光と影　在日米軍基地の思い出』（大阪教育図書、2019年）、『楽しい透析　ユダヤ研究者が透析患者になったら』（大阪教育図書、2018年）、『文学で読むユダヤ人の歴史と職業』（彩流社、2015年）、『ホロコーストの影を生きて』（三交社、2009年）、『ユダヤ人の社会と文化』（大阪教育図書、2009年）など。

ブロッド・アダム・ソル　ノートルダム清心女子大学非常勤講師
共著書：『父と息子の物語――ユダヤ系作家の世界』（彩流社、2023年）、*The Conception of Race in White Supremacist Discourse: A Critical Corpus Analysis with Teaching Implications* (Hawaii Pacific University Working Paper Series, 2018)。論文：A Comparison of *Enemies: A Love Story and Shadows on the Hudson*: I.B. Singer’s

Cathartic, Healing and Healed post-Holocaust American Literature（『シュレ ミール』2022 年）、*Metaphors Be With You In A New Language and Culture: Promoting EFL Students' Development of Metaphorical Awareness* (Proceedings of The 1st International Communication and Community Development Conference, 2020) 、*Using Corpora in English Language Teaching: A Teacher's Experience* (Hawaii Pacific University Working Paper Series, 2019) 、*Gained in Translation: Translating Translingual Texts to Develop Foreign Language Reading Skills* (HI TESOL The Word, 2018)、 共 訳：*Challenging Obstructs*（こごろう出版、2016 年）。

篠原範子（しのはら・のりこ） 香川大学講師、翻訳・通訳
OpenChain プロジェクトなどのソフトウェア関係などの産業翻訳を中心に、高松国際ピアノコンクールなどの芸術方面の英和・仏和訳を行う。また、警察などの司法通訳者でもある。翻訳：「アイザック・バシェヴィス・シンガー『父の法廷』における父親像——ノア、あるいはモーセ」（アダム・ブロッド『父と息子の物語——ユダヤ系作家の世界』所収、彩流社、2023 年）。共訳書：『人類史マップ——サピエンス誕生・危機・拡散の全記録』（日経ナショナル ジオグラフィック、2021 年）。

内山加奈枝（うちやま・かなえ） 日本女子大学教授
共編著書：『作品は「作者」を語る——アラビアン・ナイトから丸谷才一まで』（春風社、2011 年）。共著書：『父と息子の物語——ユダヤ系作家の世界』（彩流社、2023 年）、『現代アメリカ社会のレイシズム』（彩流社、2022 年）、『ジューイッシュ・コミュニティ』（彩流社、2020 年）。論文：「カフカの遺産相続人として——ポール・オースターにおける主体の回帰」（『比較文学』第 55 号、2013 年）、"Narrating the Other between Ethics and Violence: Friendship and Politics in Paul Auster's *The Locked Room and Leviathan*." (*Studies in English Literature*, English Number 51, 2010) 、"The Death of the Other: A Levinasian Reading of Paul Auster's *Moon Palace*." (*Modern Fiction Studies* 54 (1), 2008) など。

三重野佳子（みえの・よしこ） 別府大学教授
共著書：『エコクリティシズムの波を超えて——人新世の地球を生きる』（音羽書房鶴見書店、2017 年）、『オルタナティヴ・ヴォイスを聴く——エスニシティとジェンダーで読む現代英語環境文学 103 選』（音羽書房鶴見書店、2011 年）、『アメリカ文学における階級——格差社会の本質を問う』（英宝社、2009 年）。論文："Bernard Malamud's Use of History in A New Life"（『別府大学紀要』第 62 号、2021 年）、「核とホロコーストのイメージの融合——バーナード・マラマッド『コーンの孤島』とポール・オースター『最後の物たちの国で』」（『エコクリティシズム・レヴュー』第 11 号、エコクリティシズム研究学会、2018 年）など。

秋田万里子（あきた・まりこ） 富山大学専任講師
共著書：『ユダヤの記憶と伝統』（彩流社、2019 年）、『ホロコーストとユーモア精神』（彩流社、2016 年）。論文：「『食』は語る——シンシア・オジックの『ショール』におけるホロコースト・サバイバーの苦悶と再生」（『中部アメリカ文学』第 27 号、2024 年）、"America as a Medium of Memories: Representations of the United States in Third-Generation Holocaust Novels"（『シュレ ミール』第 23 号、2024 年）、「虚構による記憶の再構築：Jonathan Safran Foer の *Everything Is Illuminated* における第三世代のホロコーストへのアプローチ」（『多民族研究』第 15 号、2022 年）、

“A Jewish Writer as an Oxymoron: Cynthia Ozick’s Self-Contradiction in Story-Making in ‘Usurpation (Other People’s Stories)’” (*The Journal of the American Literature Society of Japan* No.14, 2016) など。共訳書：『ユダヤ文学に見る聖と俗』(彩流社、2017年)。

鈴木久博(すずき・ひさひろ)　沼津工業高等専門学校教授
共著書：『父と息子の物語——ユダヤ系作家の世界』(彩流社、2023年)、『現代アメリカ社会のレイシズム』(彩流社、2022年)、『ジューイッシュ・コミュニティ』(彩流社、2020年)、『ユダヤの記憶と伝統』(彩流社、2019年)、『ユダヤ系文学に見る聖と俗』(彩流社、2017年)、『ホロコーストとユーモア精神』(彩流社、2016年)、『ユダヤ系文学と「結婚」』(彩流社、2015年)、『ユダヤ系文学に見る教育の光と影』(大阪教育図書、2014年)、『笑いとユーモアのユダヤ文学』(南雲堂、2012年)、『ユダヤ系文学の歴史と現在』(大阪教育図書、2009年)、『日米映像文学は戦争をどう見たか』(金星堂、2002年)。論文：“Bernard Malamud’s Works and the Japanese Mentality” (*Studies in American Jewish Literature,* No.27, 2008) など。共編訳書：『新イディッシュ語の喜び』(大阪教育図書、2013年)。

伊達雅彦(だて・まさひこ)　尚美学園大学教授　[編者]
共編著書：『父と息子の物語——ユダヤ系作家の世界』(彩流社、2023年)、『現代アメリカ社会のレイシズム』(彩流社、2022年)、『ジューイッシュ・コミュニティ』(彩流社、2020年)、『ユダヤの記憶と伝統』(彩流社、2019年)、『ホロコースト表象の新しい潮流　ユダヤ系アメリカ文学と映画をめぐって』(彩流社、2018年)、『ユダヤ系文学に見る聖と俗』(彩流社、2017年)、『ホロコーストとユーモア精神』(彩流社、2016年)、『ユダヤ系文学と「結婚」』(彩流社、2015年)、『ゴーレムの表象　ユダヤ文学・アニメ・映像』(南雲堂、2013年)など。共著書：『ユダヤ系アメリカ文学のすべて』(小鳥遊書房、2023年)、『自然・風土・環境の英米文学』(金星堂、2022年)、『エスニシティと物語り——複眼的文学論』(金星堂、2019年)、『ソール・ベローともう一人の作家』(彩流社、2019年)、『衣装が語るアメリカ文学』(金星堂、2017年)、『アメリカ映画のイデオロギー——視覚と娯楽の政治学』(論創社、2016年)、『アイリッシュ・アメリカンの文化を読む』(水声社、2016年)、『映画で読み解く現代アメリカ オバマの時代』(明石書店、2015年)など。共訳書：『新イディッシュ語の喜び』(大阪教育図書、2013年)。

ま行

や行

ら行

事項・用語【索引】

ま行

や行

ら行

わ行

さ行

た行

な行

は行

人名・作品名【索引】

Sairyusha

ホロコーストと〈愛《あい》〉の物語《ものがたり》

二〇二四年七月十五日　初版第一刷

編著――広瀬佳司＋伊達雅彦
発行者――河野和憲
発行所――株式会社 彩流社
〒101-0051
東京都千代田区神田神保町3-10大行ビル6階
電話：03-3234-5931
ファックス：03-3234-5932
E-mail：sairyusha@sairyusha.co.jp

印刷――信毎書籍印刷(株)
製本――(株)村上製本所
装丁――中山銀士＋金子曉仁

Printed in Japan, 2024
ISBN978-4-7791-2983-4 C0098
https://www.sairyusha.co.jp

【彩流社の海外文学】

魔宴

モーリス・サックス 著
大野露井 訳

瀟洒と放蕩の間隙に産み落とされた、ある作家の自省的伝記小説、本邦初訳！ ジャン・コクトー、アンドレ・ジッドを始め、数多の著名人と深い関係を持ったサックス。二十世紀初頭のフランスの芸術家達が生き生きと描かれる。

（四六判上製・税込三九六〇円）

蛇座

ジャン・ジオノ 著
山本省 訳

ジオノ最大の関心事であった、羊と羊飼いを扱う『蛇座 Le serpent d'étoiles』、そして彼が生まれ育った町について愛着をこめて書いた『高原の町マノスク Manosque-des-Plateaux』を収める。

（四六判並製・税込三三〇〇円）